Die Liebe, die uns verbindet,
ist das Beste in unserem Leben.

Wer glaubt, etwas zu sein,
hat aufgehört,
etwas zu werden.

Herstellung und Verlag: BoD - Books on Demand, Norderstedt
ISBN 978-3-7448-7381-9

Susanne

Susanne wohnt in einem Vorort einer Großstadt, in einem kleinen Dorf. Es ist von vielen, weiten Feldern umgeben. Sie wohnt, mit ihrer Familie, in einem kleinen Einfamilienhaus, die hier in der ganzen Siedlung stehen. Ihr Schreibtisch steht direkt am Fenster.

So hat Susanne viel Sonnenschein im Zimmer, so wie auch im Herzen. Sie schaut auf viele Gärten, hohe alte Bäume, und die nett hergerichteten Einfamilienhäuser.

Manch wunderschöner Text entsteht hier.

An der Wand, hängt eine Pinnwand, wo die allerneusten Fotos, der ganzen Familie und deren Urlaube zu sehen sind. Durch die Fotos kommen immer wieder Geschichten ans Tageslicht, die sonst in der Schublade unsichtbar geblieben wären. Susannes Zimmer, ein Zimmer zum Wohlfühlen, ein kleines Reich für sie.

Es ist aber auch gleichzeitig ihr Büro.

Sie ist Buchhalterin und mit einigen Firmen vernetzt, so kann sie von zu Hause aus arbeiten. Einige technische Geräte, mit denen Susanne arbeitet, mussten hier untergebracht werden. Ein Telefon und ein Faxgerät unterbrechen oft ihre Arbeit und auch ihre Gedanken.

So gibt es dann auch Störungen privater Natur.

Sei es durch, ihre Familie, die Post, aber auch ihr Hund Tjago, ein Mini - Australien – Shepperd, hat eine Begabung zum Stören.

Viele Ideen, die ihr hier tagsüber kommen, werden sofort stichpunktartig aufs Papier gebracht. Dann kann sie je nach Tagesverfassung arbeiten oder mit dem Bücherschreiben fortfahren. Sie liebt diese Flexsibilität.

Bevor sie beginnt, gehen ihr immer wieder ihre Grundsätze durch den Kopf.

Sie schreibt, weil es ihr Freude macht.

Sie schreibt, weil sie sich mitteilen möchte.

Sie schreibt, weil ihr Lebensweg sehr ungewöhnlich ist.

Sie schreibt, weil sie sich auf ihren persönlichen Weg gemacht hat und wunderbare Erfahrungen damit verbindet, die sie gerne weitergeben möchte.
Sie schreibt, um ihre Persönlichkeit zu festigen und reifen zu lassen.
Sie schreibt, um ihr bisheriges Leben zu verarbeiten.

Die Geschichte ihrer Eltern

Der Zweite Weltkrieg ist in vollem Gange.
Auf dem großen Gutshof in Schlesien werden die ersten Vorbereitungen für die Flucht in den Westen getroffen.
Drei Generationen, die auf dem Gut leben, müssen sich nun auf die Flucht in den Westen vorbereiten, die Großeltern und die Eltern mit ihren drei Kindern.
Sie wissen nicht wie die Zukunft aussehen wird.
Voller Verzweiflung wird das Nötigste zusammengepackt und bei Allen ist eine große Angst und Anspannung zu spüren. Die großen Sorgen und die vielen Ängste lassen sich nicht verleugnen.
Wie geht es weiter?
Werden sie alle zusammenbleiben?
Werden sie sich verlieren, werden sie sich alle eines Tages wiedersehen?
Werden alle überleben?
So viele Fragen, die niemand beantworten konnte!
Frieda, die Tochter des Großgrundbesitzers, ist 19 Jahre alt, ihre Schwester Gudrun 27 Jahre alt und ihr Bruder Fritz, gerade mal 4 Jahre alt.
Die Mägde und Knechte sind schon entlassen und in ihre Heimatorte zurückgekehrt.
Die Zeit drängt, der Aufbruch steht bevor.
Frieda, die Tochter des Gutsbesitzers läuft gerade durch den Innenhof des elterlichen Bauernhofes, da kommt ein uniformierter, junger Mann in den Hof geritten, ein deutscher Soldat.

Er soll die Gegend erkunden und feststellen, wie weit die Russen schon, in Richtung der umliegenden Ortschaften, vorgedrungen sind.

Als Frieda und er sich sehen, trifft es sie wie ein Blitz, sie verlieben sich auf den ersten Blick. Er in einer tadellos sitzenden Uniform mit Knöpfen, die sich in der Sonne spiegeln, hoch zu Ross.

Er springt vom Pferd und bleibt wie angewurzelt vor ihr stehen.

Sie mit blonden, langem Haar, zu einem Bauernzopf geflochten.

Ein wunderschönes Paar.

Er wird ins Haus gebeten und die Großeltern, die Eltern, sowie die Kinder, Frieda und ihre Geschwister, erfahren die aktuellsten Nachrichten von der Kriegsfront.

Der junge Soldat stellt sich vor. Er heißt Erwin.

Er erzählt von seiner Heimat und der Sehnsucht, die Heimat das Rheinland, endlich wiederzusehen.

Die Namen der Familien und die Namen der Heimatorte werden ausgetauscht.

Der junge Soldat erfährt nun, dass seine große heimliche Liebe Frieda heißt.

Zwischen den Beiden werden vielsagende Blicke getauscht.

Er drängt die Besitzer, den Hof schnell zu verlassen, da der Russe jeden Tag einmarschieren kann.

Mit wehmütigen und vielsagenden Blicken verabschieden sich die Gutsbesitzer, vor allem Frieda und der junge Soldat Erwin.

Sie zeigen ihre Zuneigung und versprechen sich ein Wiedersehen im Westen, im Rheinland.

Der Soldat reitet schnell davon und Frieda blickt ihm sehnsüchtig nach.

Die Uniformjacke mit den blankpolierten Knöpfen, die tadellos sitzende Hose, die ganze Statur des Mannes, haben sie tief beeindruckt.

Sie hat nun ein Ziel im Kopf, sie will ihn unbedingt wiedersehen.

Es kommt, wie es kommen muss, die Flucht beginnt.

Mit Pferdewagen und dem nötigsten Besitz, schließen sich Frieda und ihre Familie, den anderen Flüchtigen an.

So kommen sie Wochen später, nach vielen schrecklichen Erlebnissen, im Rheinland an.

Frieda verliert ihren Traum aus den Augen und ist froh, dass sie und ihre Familie, die Flucht überlebt haben.

Am Rande ihrer Kräfte, aber glücklich noch am Leben zu sein, arbeitet nun die ganze Gutsfamilie, jetzt als Mägde und Knechte auf einem Bauernhof, der an einem großen Fluss liegt.

Dort finden sie auch eine Bleibe, eine kleine Wohnung, in der Nähe des Hofes.

Frieda, denkt nicht mehr an ihren Traum.

So viel ist passiert!

So viel muss verarbeitet werden!

Es tut gut, wenn man vergessen kann, verdrängen kann, um zu überleben!

Es gibt so viele Veränderungen!

Die ersten Suchmeldungen über das rote Kreuz laufen an.

Plötzlich, Frieda arbeitet gerade auf einem Kartoffelacker, steht der junge Soldat Erwin vor ihr.

Beide sind starr vor Schreck.

Sie erkennen sich kaum wieder, da er nun in Zivil vor ihr steht, und sie beide von den Spuren des Krieges gezeichnet sind.

Sie hat die Fröhlichkeit, die Leichtigkeit verloren.

Der schöne Bauernzopf ist verschwunden und ihre Blicke verraten so einiges, was besser schon vergessen wäre.

Sekundenspäter liegen sie sich in den Armen und ein Beben geht durch ihre Körper.

Lange, sehr lange, stehen sie so auf dem Kartoffelacker und sprechen kein Wort.

Nur fühlen, den Anderen einatmen, nicht reden, nur spüren!!!
Viele Tränen, Tränen der Erleichterung, der Freude, aber auch Tränen des vielen Leidens, der Verzweiflung rollen den Beiden über die Wangen.
Frieda erfährt jetzt, dass er die Suche nach ihr nicht aufgegeben hat, und durch manche gute Beziehung sie nun endlich gefunden hat. Er ist Schmied von Beruf und hat im Krieg die Hufschmiede von einer Kaserne geführt.
Hier ist er mit so vielen unterschiedlichen Menschen zusammengekommen, die ihm später bei der Suche, nach seiner großen Liebe Frida, geholfen haben.
Jetzt sind sie endlich ein Paar.
Über die Vergangenheit wird nicht mehr gesprochen.
Die Zukunft, der Aufbau, den Eltern eine Heimat geben, eine eigene kleine Familie gründen und vieles mehr, steht im Vordergrund.
Der Wiederaufbau der Wirtschaft, das Aufbauen der Städte, Dörfer und Straßen, und der Aufbau der Infrastruktur, hat begonnen.
Alle Menschen sind voller Zuversicht und können etwas bewegen. Sie alle sind motiviert. Der Frohsinn, die Fröhlichkeit kehrt langsam zurück in den Alltag.
Die Vergangenheit wird verdrängt oder man versucht sie zu vergessen. Jede Erinnerung an die Kriegsjahre ist mit unendlich viel Leid und Schmerzen verbunden.
Kurzentschlossen nimmt Erwin seine große Liebe Frieda mit in sein Dorf, zu seinen Eltern und hier wird später geheiratet und sie gründen ihre eigene kleine Familie.
Eine Familie, die, die Wirtschaftswunderjahre erlebt.
Eine Familie der Nachkriegszeit.

Susannes Geschichte
Frieda und Erwin bekommen zwei Kinder, Susanne und Elisabeth.

Sie wohnen in einem Vorort einer Großstadt.

Das kleine Haus der Familie, mit den grünen Fensterläden, die jeden Abend geschlossen werden, steht direkt hinter dem Deich, an einem großen Fluss auf dem viele Transportschiffe, Ausflugsdampfer, kleine Sportbote und Ruderboote fahren.

Vater Erwins Hobby ist das Rudern, das Wasser mit seinen vielen Möglichkeiten. Er besitzt ein kleines Ruderboot, auf dem die ganze Familie Platz hat.

Wenn er alleine mitten auf den Fluss rudert und endlose Freiheit und Ruhe ihn umgeben, kann er sein Glück kaum fassen. Frieden, auf den alle so lange gewartet haben, fühlt er. Die Natur hat sich erholt. Viele Möwen umkreisen sein kleines Boot und kreischen. Ein kleines Glücksgefühl macht sich in ihm breit.

Der Alltag nimmt seinen Lauf.

Susanne, wird in eine einfache Arbeiterfamilie hineingeboren. Ihre Schwester Elisabeth ist bei ihrer Geburt bereits 2 Jahre alt.

Sie sind eine kleine Familie der Nachkriegszeit, Vater Erwin, Mutter Frieda, ihre Schwester Elisabeth und sie, Susanne.

Der Vater Erwin fährt jeden Tag mit dem Fahrrad zur Arbeit, und Mutter Frieda führt den Haushalt und nimmt hin und wieder kleine Aufgaben außer Haus an.

Das Leben scheint in geregelten Bahnen zu laufen.

Susanne ist der Sonnenschein der Familie.

Doch ihr unbeschwerter Alltag verändert sich eines Tages. Sie bekommt viele Stimmungen und Gespräche mit, die nicht für ihre Ohren bestimmt waren.

Solange Susanne denken kann, spürt sie, dass irgendetwas in der Luft liegt. Etwas Unausgesprochenes, ein dunkles Geheimnis. Sie kann es nicht zuordnen. Wenn sie erwachsen ist, wird sie erfahren, dass es tatsächlich ein Geheimnis in der Familie gibt.

Elisabeth, ihre Schwester geht schon lange in den Kindergarten und jetzt ist Susanne an der Reihe.

Sie bekommt ein neues Kleid, eine kleine Tasche, um ein Frühstück mitzunehmen und dann geht es los.

Elisabeth und Susanne gehen nun gemeinsam in den Kindergarten.

Susanne ist überglücklich, dass sie jetzt mit Elisabeth, ihrer großen Schwester, jeden Morgen zusammen in den Kindergarten gehen kann.

Susanne wird nach kurzer Zeit, die sie dort verbringen durfte, wieder abgemeldet und muss zu Hause bleiben.

Da Susanne erst 3 1/2 Jahre alt ist, versteht sie das überhaupt nicht und ist sehr traurig.

Da ihre Mutter durch die Kriegserlebnisse eine ängstliche Person geworden ist, braucht sie jemanden bei sich. Sie braucht Susanne, was Susanne zu der Zeit nicht versteht.

Die Kriegserlebnisse sitzen tief und jede Auseinandersetzung vermeidet sie.

Susanne verbringt nun eine intensive Zeit mit ihrer Mutter. Sie und ihre Mutter erledigen gemeinsam kleine Hausarbeiten und Susanne hilft ihr am allerliebsten in der Küche, beim Kochen und Backen.

Der alte Küchenofen, der mit Kohle geheizt wird, strahlt immer etwas Warmes, Gemütliches aus. Er ist mit einem großen Ofenrohr, das anderthalb Meter hoch hinausragt, mit dem Kamin verbunden. Das Ofenrohr ist immer warm, was im Winter sehr praktisch ist. Um die heiße Herdplatte führt ein Handlauf, an dem die nassen Küchentücher hängen. Hier werden die tollsten Gerichte gekocht.

Später kommt ein kleiner Gasofen mit einem Backofen hinzu. Ab sofort gibt es wunderbaren Napfkuchen, Sandkuchen und Tortenböden, die sie mit leckeren Beeren belegen. Die Beeren pflücken sie von den Sträuchern, die an dem großen Fluss stehen.

Die ganze Familie versammelt sich, dann zum gemeinsamen Essen, um den kleinen Esstisch.

Susanne freut sich jeden Mittag auf ihre Schwester Elisabeth, die sie mit der Mutter vom Kindergarten abholt.

Ihre Schwester Elisabeth ist oft neidisch auf Susanne, da sie immer zu Hause bei der Mutter ist und sie ganz für sich alleine hat.

Susanne ist oft neidisch auf ihre Schwester, da sie viele Kinder kennt, mehr Freundinnen hat und viel erlebt im Kindergarten.

Gerne hätten die Geschwister die Rollen wenigstens hin und wieder getauscht. Verstehen können sie beide die Situation überhaupt nicht.

Leider wird ihnen auch nichts Verständliches erklärt.

Im Gegenteil, immer wenn es um die Familie geht, kommt eine geheimnisvolle Spannung auf, die von ihrer Mutter aus geht und der sie alle, auch der Vater, ratlos gegenüber stehen.

Bei Susanne entsteht der Eindruck, dass mit ihr irgendetwas nicht stimmt.

Ihre Mutter Frieda beantwortet viele ihrer Fragen nicht.

Warum darf sie nicht in den Kindergarten?

Warum hält sie ihre Hand immer so fest umklammert, wenn sie unterwegs sind?

Warum kann sie nicht unbefangen auf den Opa, den Papa zugehen?

Was macht Susanne falsch?

Sie fragt sich das immer wieder.

Ihre Mutter ist dann wie versteinert und verschlossen. Sie wirkt sehr ängstlich, zurückhaltend, fast unscheinbar.

Sie trägt langes Haar, das sie jeden Morgen zu einem straffen Knoten zusammenbindet. Sie ist immer häuslich und einfach gekleidet und trägt im Alltag ständig eine bunte Schürze, die sie nur zum Einkaufen und für Besorgungen ablegt.

9

Sie ist eine liebevolle, umsorgende Mutter und geht ganz in dieser Arbeit auf.

Sie schminkt sich nie und Schmuck trägt sie nur am Sonntag, wenn sie in die Kirche geht.

Sie holt dann ihre wunderschöne Perlenkette aus dem Schrank, tritt vor den Spiegel, legt sie sorgfältig um den Hals, betrachtet sich eine Zeitlang und dann schweift ihr Blick in die Ferne und sie träumt.

Susanne sieht an ihrem Gesicht, dass es etwas Wunderschönes sein muss.

Warum spricht sie nicht darüber?

Das Glück, das Wiedersehen mit dem jungen Soldaten, mit der tadellos sitzenden Uniform, ihren Mann Erwin, der sie nach Kriegsende gesucht und gefunden hat, möchte sie nicht mehr loslassen.

In dem Moment ist sie für Susanne eine wunderschöne, geheimnisvolle und glückliche Frau.

Später erfährt Susanne, dass mit ihren Empfindungen Recht behalten sollte.

Wenn sie in den Alltag zurückkehrt, verändert sich schlagartig ihr Gesichtsausdruck und sie wird ernst und verschlossen.

Oft hat Susanne sie dabei beobachtet.

Der Vater Erwin ist in Kriegsgefangenschaft geraten und deshalb gesundheitlich nicht stabil.

Seinen Beruf Schmied, kann er nach Kriegsende nicht mehr ausüben.

Seine kleine Schmiede, direkt neben dem Wohnhaus musste geschlossen werden.

Durch eine Bandscheibenoperation wird er nach Kriegsende als Querschnittsgelähmter aus dem Krankenhaus entlassen.

Sein starker Wille, wieder laufen zu können, seine endlose Ausdauer, und viel Ehrgeiz geben ihm den Mut immer weiter zu trainieren, bis sich der Erfolg einstellt.

Er kann wieder laufen.

Seit dem Tag fährt er nur noch mit dem Fahrrad und auch das regelmäßige Schwimmen gehört nun zum Alltag.

Vater ist ein geselliger, musikalischer Mensch.

Er spielt Akkordeon und seine natürliche, humorvolle Art bringt Wärme und Harmonie ins Haus. Im Sommer, an besonders schönen Tagen sitzen alle, die Familie, die Nachbarn, Gäste des naheliegenden Bootshauses und am Fluss Verweilende auf der Mauer direkt am Wasser. Es wird Akkordeon gespielt, dazu gesungen, erzählt, manch netter Scherz geht über die Lippen. Die Laune steigt und alle sind fröhlich.

Susanne liebt ihren Vater über alles, er ist streng, aber gerecht. Die Sommerabende am Fluss vergisst Susanne nicht. Noch heute träumt sie oft davon und würde gerne einmal so einen Abend wieder erleben.

Häufig bekommen sie Besuch von ihrem Onkel Fritz.

Er wird zu einer wichtigen Person im Leben von Susanne und Elisabeth.

Onkel Fritz ist der Bruder der Mutter, noch um viele Jahre jünger und nicht verheiratet. Viel später erfahren Susanne und Elisabeth, dass der Bruder der Mutter (Fritz) nicht der Bruder ist, sondern ihr eigener, unehelicher Sohn. Er ist der Halbbruder von Susanne und Elisabeth.

Eine Zeit lang lebt er mit ihnen, in dem kleinen Haus.

Weiterhin kümmert sich die Mutter um ihre Eltern, die auf dem Bauernhof leben und um die Eltern ihres Mannes, die im gleichen Dorf wohnen.

Ihre Mädels liegen ihr besonders am Herzen.

Susannes und Elisabeths Leben scheint in geregelten Bahnen zu laufen.

Da Susanne sehr sensibel ist, spürt sie viele Spannungen, die immer wieder aufkommen.

Elisabeth, die zwei Jahre älter ist, hat einen starken eigenen Willen und setzt ihn auch durch. Susanne konnte nie mit ihrer Schwester über ihre Empfindungen und Zweifel reden.

11

Eine aufregende Zeit mit Onkel Fritz beginnt.

Susanne schwärmt für Onkel Fritz.

Er hat immer gute Laune und ein fröhliches Liedchen auf den Lippen, oder einen Scherz im Gepäck.

Er hat die Kriegserlebnisse als Kleinkind erlebt, Mutter und Vater nicht verloren und sein ganzes Leben liegt jetzt vor ihm. Seine Gedanken sind frei und er sieht voller Zuversicht in die Zukunft.

Wenn die Familie sich Abends in der kleinen Küche zum gemeinsamen Essen versammeln, wird jetzt viel erzählt, gelacht und eine behagliche, entspannte Atmosphäre entsteht.

Dann geht es zur Nachtruhe.

Elisabeth und Susanne teilen sich ein großes Bett.

So gibt es viel Spaß unter der gemeinsamen Decke oder ein heftiger Kampf entsteht, wer an welcher Seite schläft, bzw. wer den meisten Platz mal wieder einnimmt und den anderen in die Ecke drängt, bis endlich Ruhe eintritt.

Manchmal poltert es an der Tür.

Mit tiefer Stimme werden die Geschwister ermahnt: „Hier ist die Abendmutter. Ihr seid mal wieder so laut, dass ich es hörte und kommen muss.

Jetzt wird geschlafen und ich möchte das Ruhe einkehrt.

Wenn ich wiederkommen muss, wird es eine Strafe geben."

Susanne und Elisabeth sind jedes Mal starr vor Schreck, verstecken sich unter der Decke und warten gespannt darauf, dass sich die Abendmutter polternd entfernt.

Sie geben dann keinen Laut mehr von sich, aber unter der Decke wird noch manche Vermutung über die Abendmutter ausgetauscht.

Die Fantasie der Beiden kennt keine Grenzen und manch gruselige Geschichte bleibt im Gedächtnis haften.

Viel später erfahren sie, dass es gar keinen Poltergeist bzw. Abendmutter, gibt. Die Abendmutter hieß Onkel Fritz.

Susannes Schwester Elisabeth geht in die dritte Klasse, als Susanne eingeschult wird.

Die Geschwister sind nun so unterschiedlich aufgewachsen, dass sie sich oft aus dem Weg gehen.

Susanne hat darauf gehofft, dass ihre Schwester Elisabeth, ihr bei den anfänglichen Schwierigkeiten in der Schule hilft, aber das stellt sich als großen Irrtum heraus.

Elisabeth hat jetzt ihre Freundinnen und Susanne war ihr irgendwie lästig.

Susanne fühlt sich oft allein gelassen.

Viele ihrer Mitschüler kennen sich aus dem Kindergarten und sind befreundet.

Susanne lernt nun eine völlig neue Welt kennen.

Die Mutter ist plötzlich nicht immer gegenwärtig.

Susanne verändert sich. Sie wird still und verschlossen.

Doch langsam bekommt sie Boden unter den Füßen, und als sie in die dritte Klasse der Volksschule (heute Grundschule) geht, kommt der Durchbruch.

Der Herbst und der Winter sind für Susanne die schönsten Jahreszeiten.

Auch heute noch liebt sie den Herbst mit seiner vielfältigen Farbenpracht und den Winter, die langen Abenden bei Kerzenschein.

Susanne liebt die Kühle der Natur, Väterchen Frost und die vielen Eiskristalle, die sich immer an den Fenstern bilden.

Handarbeiten, die größtenteils im Winter zum Tagesablauf gehören, sind immer noch Susannes große Leidenschaft.

Auch in der Schule gehört das Fach Handarbeiten zu ihren Lieblingsfächern.

Sie lernt hier das Nähen, Stricken, Sticken, Häkeln und vieles andere, was zur Textilgestaltung gehört.

Aber auch das Anfertigen von hübschen, sehr vielfältigen Bastelarbeiten, liebt Susanne von ganzem Herzen.

Sie bastelt also jedes Jahr zum Sankt Martinsfest, ihre eigene Laterne.

So auch in diesem Jahr.

Sehnsüchtig wartet sie jedes Mal auf den Tag, an dem der Laternenbau beginnt.

Ende September, Anfang Oktober ist es dann soweit. Susanne kann es kaum erwarten und ist schon sehr ungeduldig.

Ihre Lehrerin teilt endlich die Zettel aus, worauf steht, was sie zum Laternenbau benötigen.

Stolz und sehr eilig läuft Susanne nach Hause, damit sie mit ihrer Mutter in das Schreibwarengeschäft gehen kann, um das wunderschöne Papier und die Pappe und das restliche Zubehör zu kaufen.

Susannes Mutter zeigt vollstes Verständnis für ihre Eile, denn sie weiß natürlich, wie wichtig ihr der Laternenbau ist.

Susanne kann sich lange, sehr lange, im Bastelgeschäft aufhalten und das wunderschöne vielseitige Papier bestaunen.

Nach reiflichen Überlegungen entscheidet sie sich für die Farben des Papiers, die ihre Laterne erhalten soll. Das Grundgerüst wird aus schwarzer Pappe gebaut, die schnell gekauft ist. Transparentpapier in vielen bunten Farben, darf auch nicht fehlen.

Dann endlich kommt der Schultag, an dem der Laternenbau beginnt.

Wie jedes Jahr sind alle sehr aufgeregt, aber nach den ersten Vorbereitungen und Zuschnitten, können alle die Laternen nach ihren Vorstellungen basteln.

Susanne ist mit sehr viel Eifer bei der Sache. Sie ist rundherum glücklich und geht ganz darin auf.

Das Motiv soll irgendetwas aus der Natur sein.

Susanne liebt Sonnenuntergänge und -aufgänge und versucht es in ihre Laterne, die einen Rahmen aus schwarzer

Pappe besitzt, unterzubringen. Einiges an Transparentpapier geht dabei drauf.

Dann steht sie da, die schönste Laterne, die Susanne je gebastelt hat. Auf ihrer Laterne sieht man die glutrote, untergehende Sonne, hinter dunklen, schwarzen Bäumen ohne Laub. Es ist Herbst.

Susanne ist sehr stolz und strahlt übers ganze Gesicht.

Nun kommen alle Laternen in die Aula der Schule zur Laternenausstellung, und die besten Laternen werden prämiert. Ihre Schwester Elisabeth hat auch eine Laterne gebastelt.

Für sie ist es eine Pflichtübung und sie kann Susannes Begeisterung gar nicht verstehen.

Kurz vor dem Sankt Martinsfest klopft es während des Unterrichts plötzlich an die Klassenzimmertür von Susannes Klasse und zwei Herren treten ein.

Einen der Herren kennt Susanne aus der Schule. Es ist der Rektor in Begleitung eines weiteren Herrn, der Susanne unbekannt ist und der ein großes Paket in den Händen hält.

Ihr Name wird aufgerufen.

Sie schaut sich um.

Sie ist nicht sicher, ob sie wirklich gemeint ist.

Ihre Lehrerin gibt ihr ein Zeichen aufzustehen und nach vorne zu kommen.

Völlig unsicher meldet sich Susanne und geht zum Pult.

Jetzt kommt eine sensationelle Überraschung auf sie zu.

Susanne, ja sie, hat den ersten Preis bei der Laternenausstellung, der 1. bis 4. Klasse, gewonnen.

Sie ist überglücklich und strahlt übers ganze Gesicht.

Ihr wird liebevoll gratuliert, sie wird gelobt für so eine gute Bastelarbeit und der unbekannte Herr überreicht ihr das große Paket.

Es ist der erste Preis.

Susanne darf es sofort auspacken und traut ihren Augen nicht.

Sie hat eine Puppe gewonnen.

Die Puppe hat bewegliche Augenlider, trägt einen roten Pullover und einen grün karierten Rock. Sie hat braunes, kurzes Haar. Sie ist sehr groß und kann Arme und Beine bewegen. Die Augen faszinieren Susanne besonders.

Susanne hat so etwas noch nie im Arm gehalten.

Sie wird rot vor Verlegenheit.

Sie bedankt sich und ist so glücklich, wie schon lange nicht mehr.

Ihr Erfolg und ihr Stolz lassen sie in diesem Moment über sich hinaus wachsen.

Die Susanne von früher wird sichtbar, ein aufgeschlossenes, fröhliches Kind.

Die Klassenkameradinnen und Klassenkameraden freuen sich mit mir und manche Freundschaft entsteht neu.

Jetzt gehört sie endlich zum Freundeskreis.

Ihre Eltern, besonders ihre Mutter, ist begeistert und sie freut sich, dass Susanne so glücklich ist.

Ihre Schwester ist neidisch, denn jetzt ist die ganze Aufmerksamkeit, bei Susanne und das gefällt ihr gar nicht.

Die Puppe nennt Susanne, Monika.

Monika begleitet sie nun viele, viele Jahre.

Viele kleine und große Freuden und Sorgen, teilt Susanne jetzt mit Monika.

Die Laternen werden nun freigegeben und sind zum Abholen bereit.

Susanne behandelt ihre Laterne wie einen kostbaren Schatz, die sie ja auch ist. Sie hat ihr Anerkennung, einen Preis und viel, viel Freude geschenkt.

Nun kommt der große Tag, an dem die Schulkinder ihre Laternen, mit dem Sankt Martin und wunderschönen Sankt Martinsliedern, in der Dunkelheit, durch das Dorf tragen.

Jede Laterne ist hell erleuchtet.

Eine Wachskerze wird in der Mitte des Laternenbodens befestigt und angezündet. Ein Draht ist oberhalb der Laterne befestigt, damit sie an einem Stock aufgehangen werden kann.

Warmes Licht, in vielen bunten Farben, fällt auf alle Straßen und Gassen, die Susanne und ihre Klassenkameraden durchwandern.

Susanne ist nie wieder so stolz durch ihr Dorf gezogen.

Sie hat laut gesungen und ihre Laterne beobachtet, wie sie bei jedem Schritt sanft schaukelt.

Das goldgelbe Licht, das sie ausstrahlt kommt ihr wie ein Heiligenschein vor.

Sie genießt es in vollen Zügen.

Susannes erster großer Erfolg.

Das Gefühl der Freude ist unbeschreiblich schön.

Als das Martinsfest vorbei ist, bekommt ihre Laterne einen Ehrenplatz in ihrem Kinderzimmer.

Oft sitzt sie davor und träumt von dem schönen Erlebnis, das ihr die Laterne geschenkt hat.

Ihre neue Puppe Monika kennt die ganze Geschichte.

Ein Erlebnis, dass sie nie vergisst.

Der Sommer kommt und die Familienausflüge mit dem Boot, sind an der Tagesordnung.

Die Leidenschaft, auf dem Rhein mit einem eigenen Boot zu fahren, ist für Vater Erwin zur Wirklichkeit und zu einem großen Hobby geworden.

Die Ruhe, nach der er sich so sehnt, nach den schweren Kriegsjahren, umgeben von Wasser und Wind, ist pure Freiheit und Freude, die Erholung von der Vergangenheit und dem Alltag.

Es ist Sonntag und die Sonne strahlt vom Himmel, so kann der geplante Ausflug stattfinden.

Susannes Mutter weckt ihre Töchter: „Hallo, ihr zwei aufstehen! Die Sonne scheint und Papa ist mit dem Boot schon unterwegs zum Jachthafen. Er hat einen Picknickkorb mit vielen Leckereien mitgenommen. Wir wandern wie geplant dorthin."

Elisabeth, die ältere von beiden ist sofort hellwach: „Juchhe, ich bin gleich fertig."

Sie rüttelt an Susanne und diese öffnet langsam ein Auge.

„Komm du alte Schlafmütze, wir fahren heute mit dem Boot über den Rhein."

Susanne erwidert schlaftrunken: „Boot fahren ist ja toll, aber wandern finde ich doof."

Elisabeth zieht ihr die Decke weg und Susanne wird munter, sieht den Sonnenschein und beeilt sich nun, gewaschen und angezogen am Frühstückstisch zu erscheinen.

Nach einem ausgiebigen Frühstück mit Mutter, Onkel Fritz, ihrer Schwester Elisabeth und sie, kann die Wanderung über die Rheinwiesen beginnen.

Fritz hat eine Freundin und macht sich zu ihr auf den Weg.

Die Mutter Frieda, ihre Töchter Elisabeth und Susanne, erreichen zügig den Rhein.

Die Mutter bleibt wie immer begeistert stehen und genießt den Ausblick, denn gerade in diesem Moment fährt ein weißes Ausflugsschiff an allen vorüber.

„Schaut mal, wie viele Leute auf dem Schiff fahren, ein paar winken uns gerade zu."

„Komm Elisabeth, " sagt Susanne, „wir winken zurück."

Sie stehen ganz nah am Ufer und winken voller Freude, den Fahrgästen auf dem Schiff zu.

Stolz blickt die Mutter auf ihre Töchter.

Susanne beobachtet sie genau. Sie ist glücklich und möchte diesen Moment am liebsten festhalten. Ihr sorgenvolles Gesicht ist verschwunden.

„Mama, hast du auch die vielen bunten, kleinen Fahnen gesehen, die so schön im Wind flattern?" ruft Susanne begeistert..

„Ja Susanne, das Schiff ist schön geschmückt. Bestimmt gibt es auf dem Schiff etwas zu feiern."

Sie wandern am Rheinufer entlang, dem genannten Treffpunkt entgegen.

Es gibt noch viel zu sehen, denn auch Frachtschiffe, Ruderboote und kleine Sportboote sind unterwegs.

Die vielen Kieselsteine, die am Ufer liegen, locken zum Weitwurf ins Wasser.

Elisabeth ruft: "Komm, wir werfen um die Wette, die Steine ins Wasser. Mal sehen, wer am weitesten kommt."

Auch die Mutter lässt sich mitreißen und ruft ebenfalls: "Ja Kinder, mal sehen wie weit ich komme!"

Sie werfen um die Wette und vergessen die Zeit. Sie lachen zusammen und sind ganz ausgelassen. So liebt Susanne ihre Mutter besonders, denn sie ist die meiste Zeit ernst und angespannt.

Da Susanne seid frühster Kindheit, so viel Zeit mit ihr alleine verbracht hat, kennt sie jede Reaktion von ihr.

Susanne ist zu einem hochsensiblen, kleinen Persönchen herangewachsen. Alle Stimmungen und Verhaltensweisen in der Familie hat sie in sich aufgesaugt und fühlt sich oft für ihre Mutter verantwortlich.

Plötzlich ruft die Mutter: "Wir müssen weiter. Papa macht sich Sorgen, wenn wir zu lange auf uns warten lassen."

Jetzt ist Susanne es, die den Weitwurf der Steine nicht unterbrechen will. Sie fühlt sich gerade so richtig wohl und ist eifrig mit dem Steine werfen beschäftigt, aber sie möchte die Mutter nicht verärgern und so wandern sie weiter am Ufer entlang bis zum Treffpunkt.

Am Jachthafen angekommen, gibt es eine stürmische Begrüßung mit dem Vater und alle reden durcheinander.

Vater sagt: „Sucht ihr mal einen schönen Picknickplatz auf der großen Rheinwiese und ich hole den gefüllten Korb aus dem Boot. Hier auf der Wiese haben wir ja auch viel mehr Platz.

Nachher fahren wir mit dem Boot gemeinsam nach Hause."

In der Nähe des Ufers sind sie sich schnell einig.

Die Wiese ist trocken, die Luft schön warm und die Sonne lachte vom Himmel.

Susanne ruft: „Mama, ich habe schon meine Schuhe ausgezogen. Ich gehe mit den Füßen ins Wasser!"

„Ich habe schon darauf gewartet. Du kannst ja nicht schnell genug ins Wasser, du kleine Wasserratte. Pass bitte auf, und nur die Füße heute, versprochen!" ermahnt die Mutter.

Susanne rennt schon davon.

Elisabeth hingegen ist eine kleine Naschkatze und untersucht den Picknickkorb.

Sie schmiegt sich eng an den Vater, den sie abgöttisch liebt und der für das Picknick zuständig ist.

Nach einem kurzen Fußbad erscheint Susanne wieder und lässt sich auf Mutters Schoß nieder.

Susanne beobachtet ihren Vater und ihre Schwester, die mit den Weintrauben so beschäftigt sind. Fang die Traube, heißt wohl das Spiel.

Manchmal ist sie doch ein bisschen neidisch auf ihre Schwester Elisabeth, obwohl Susanne eindeutig Mutters Liebling ist.

„Was hast du denn so alles in dem Korb?

Mama und ich haben Durst und Hunger," fragt Susanne.

„Eine Menge bester Sachen für so ein paar Naschkatzen, wie ihr ja alle seid," meint der Vater.

Gemeinsam lassen sie es sich schmecken.

Packen dann rasch zusammen, denn ein Gewitter naht heran.

Schnell ist alles im Boot verstaut.

Sie besteigen das Boot und die Heimfahrt beginnt.

Die Mädchen haben früh schwimmen gelernt, damit sie sich frei auf dem Boot bewegen können.

Der Rhein ist schon sehr aufgewühlt und dunkle Wolken ziehen am Himmel. Der Sturm bläst mit voller Wucht.

Das kleine Boot schaukelt kräftig auf den Wellen.

Es wird still im Boot.

Ein Unbehagen macht sich breit.

„Ich fahre langsam am Ufer entlang nach Hause.

Wir werden ja ganz schön durchgeschüttelt, aber es wird nichts passieren," beruhigt sie der Vater.

Sie spüren die Unruhe des Vaters und rücken ängstlich zusammen. Sie sind sehr erleichtert, als sie den Heimathafen sehen und endlich anlegen können.

Ein Gewitter auf dem Wasser haben sie noch nicht erlebt.

Sie sind sich einig, so einen Ausflug, aber bitte ohne Gewitter, muss wiederholt werden.

Heute geht wieder ein wunderschöner Familientag zu Ende.

Susanne liebt solche Ausflüge, sämtliche Spannungen und Sorgen des Alltags sind verschwunden und auch die Mutter strahlt und ist, wie so selten, mal wieder ausgeglichen.

Die Wochenenden, an denen sie den Großvater besuchen, mag Susanne überhaupt nicht und auch ihre Schwester Elisabeth mault immer wieder darüber.

Der Großvater wohnt in einem Altenheim, in der nächsten Stadt. Die Großmutter ist früh verstorben, die Kinder kennen sie kaum.

An diesem Sonntag steht der nächste Besuch an.

Mutter sagt: "Meine beiden Lieben, morgen fahren wir Großvater besuchen. Ich möchte keine Ausreden hören, ihr fahrt Beide mit!"

Susanne spürt sofort ihre Anspannung und stupst ihre Schwester in die Seite, die gerade etwas sagen will.

"Elisabeth, lass uns gemeinsam hinfahren. Denke an die schöne Zugfahrt mit der großen Lok. Wir können ja ein kleines Spiel mitnehmen. Mutter ist ganz traurig, wenn wir nicht mit fahren," sagt Susanne schnell.

Elisabeth ist sauer: "Du hast mir weh getan, und wieso stehst du immer auf Mutters Seite? Du weißt wie langweilig es im Altenheim ist und bewegen dürfen wir uns da auch nicht. Außerdem müssen wir dann auch auf den Friedhof, an Omas Grab. Ich würde mich lieber mit einer Freundin treffen."

"Du darfst auch bestimmen, was für ein Spiel wir mitnehmen. Ich mag halt nicht, wenn Mutter so traurig und ernst ist. Sie fährt lieber zu ihm, wenn wir mitfahren", gibt Susanne zur Antwort.

"Also gut, ich komm ja mit", antwortet ihre Schwester versöhnlich.

Mutter schaut Susanne dankbar an.

Susanne hat immer das Gefühl, dass sie sie beschützen muss.

Nachdem Susanne nun viele Monate mit der Mutter zu Hause verbracht hat, hat sie mit der Zeit ein sehr intensives Gespür dafür bekommen, wie es ihrer Mutter geht.

Irgendetwas stimmt nicht!

Sie weiß zu dem Zeitpunkt nicht, wie nah sie an der Wahrheit ist.

Es werden noch viele Jahre vergehen die Susanne verunsichern und sie prägen.

Sie fahren zu Großvater.

Seltsamerweise fährt der Vater fast nie mit.

Sie starten nach dem gemeinsamen Mittagessen und gehen zur Straßenbahnhaltestelle. Mutter gibt den Mädchen je eine Hand und hält sie sehr fest, damit sie nicht in den Straßenverkehr laufen.

Sie hat immer Angst um ihre Mädchen. Susanne spürt das deutlich.

Mit der Straßenbahn fahren sie zum Bahnhof.

Auf dem Gleis angekommen, bestaunen sie die großen Dampfloks, die an ihnen vorrüberfahren.

Diese großen schwarzen Riesenkolosse, die zischen und dampfen und das Gleis mit weißem Rauch bedecken, sind für Susanne große Ungetüme, und trotzdem beeindruckt sie die Technik des Radantriebs immer wieder aufs neue.

Mutters Händedruck wird fester.

Es macht Susanne manchmal Angst.

Ihrer Schwester Elisabeth geht es genauso.

22

Nun kommt ihre Lok mit vielen anhängenden Wagons. Sie steigen ein und die Fahrt beginnt.

Felder und kleine Dörfer ziehen an uns vorüber. Der weiße Dampf begleitet den Zug ein Stück seines Weges, bis er in den Himmel steigt. Der Zug hält an dem kleinen Bahnhof, in dem Dorf, wo der Großvater wohnt.

Schnell ist die Fahrt zu Ende.

Für Susanne kann sie ewig so weitergehen.

Vom Großvater werden sie freudig begrüßt. Mutter erledigt ein paar Kleinigkeiten für ihn und der Sparziergang zum Friedhof wird, wie jedes Mal, als erstes erledigt.

Die Mutter hat ständig ein wachsames Auge auf ihre Kinder und ist angespannt. Sogar Susannes Schwester Elisabeth ist es schon aufgefallen, und sie meint zu Susanne: "Siehst du, Mutter mag Großvater auch nicht. Sie ist immer so anders, wenn wir hier sind."

Susanne muss ihr Recht geben.

Der Nachmittag vergeht und Mutter und die Kinder sind erleichtert, als sie sich auf den Heimweg machen.

An der Straßenbahnhaltestelle wartet der Vater auf sie.

Er holt seine Frau mit den Kindern oft an der Haltestelle ab, und unterhält sich auf dem Heimweg mit der Mutter über den Besuch beim Großvater.

Onkel Fritz ist jetzt verheiratet und lebt mit seiner Frau in einem kleinen Dorf, zusammen mit den Eltern seiner Frau.

Nun haben Susanne und Elisabeth eine Tante Ilse und deren Eltern zur Familie dazu bekommen.

Onkel Fritz hat jetzt einen großen Garten und Susanne, Elisabeth und die Mutter besuchen ihn oft.

Sie spielen gerne im Garten vor allem, als Onkels Fritz Sohn geboren wird und sie mit ihm spazieren gehen und später mit ihm im Garten rumtollen können.

Der Vater ist sehr betrübt, dass seine Frau Frieda nun ständig zu Onkel Fritz mit den Kindern fährt und weniger

Zeit für sein Hobby, für das Boot und die Ausflüge auf dem Rhein, hat.

Hier war sie wieder, die Spannung, die dann in der Luft lag.

Auch Susanne und Elisabeth merken deutlich, dass ihre Mutter sich sofort zurückzieht, wenn es um Onkel Fritz geht, und ausweichende Antworten gibt.

Der Vater, der Mädchen ist jedes Mal verzweifelt, aber er findet keine Erklärung darauf.

Susanne und ihre Schwester Elisabeth wachsen zu jungen Teenies heran.

Sie haben es beide sehr eilig aus dem Elternhaus heraus zu kommen, und die Welt auf eigene Faust zu entdecken.

Die Spannungen, die häufig bei den Eltern in der Luft liegen, die irgendetwas mit Onkel Fritz zu tun haben müssen, und die immer wieder einfach übergangen werden, treiben die beiden Mädchen frühzeitig aus dem Haus.

Susanne hat ständig im Hinterkopf, dass mit ihrer Mutter etwas nicht stimmt, oder mit Onkel Fritz oder dass sie selber etwas umgibt, was sie eigentlich wissen sollte.

Diese Gedanken setzen sich bei Susanne richtig fest und sie will nun auf eigene Faust herausbekommen, um was es sich da wohl handelt.

Ihre Schwester Elisabeth setzt klare Grenzen.

Sie fährt zum Urlaub in den Schwarzwald, lernt dort einen Mann kennen und heiratet ihn im Alter von 20 Jahren. Elisabeth ist froh so weit weg von der Heimat ihr Glück gefunden zu haben.

Susanne lernt einen sehr netten jungen Mann kennen und ist bis über beide Ohren in ihn verliebt. Schüchtern nähern sie sich und sind schließlich unzertrennlich. Ihren ersten, intensiven Kuss bekommt sie von ihm, Heinz ihre erste große Liebe. Sie feiern viele gemeinsame Partys bei Susannes Freundin. Hier haben sie Gelegenheit, in schöner

Atmosphäre, sich besser kennen zu lernen. Zaghafte Küsse machen sie aufeinander neugierig

Bei heißen Rhythmen und Tänzen, kommen Susanne und Heinz sich immer näher. Die Küsse, die mal fordernd, mal forsch, mal begehrenswert schmecken, lassen sie alles um sich herum vergessen. Die Küsse lösen leichte Erdbeben aus.

Beim Klammerblues kommt das ganze Gefühl der Liebe zum Ausdruck. Sie sind emotional geladen und Susanne und Heinz können nicht genug davon kriegen.

Susanne ist 18 Jahre, als sie Heinz, der jetzt 20 Jahre alt ist, heiratet. Sie ziehen in eine kleine Wohnung in die Großstadt und eine wunderbare Liebesgeschichte beginnt. Ihr gemeinsames Leben.

Susanne hat die Sorgen um ihre Mutter, bzw. ihre Eltern schnell vergessen.

Die große Liebe zu Heinz, die neuen Gefühle, das herzliche Aufnehmen in seiner Familie, das alles kannte sie bisher nicht.

Susanne macht eine Ausbildung zur Technikerin Fachrichtung Maschinenbau. Das war in der damaligen Zeit, den 70ger Jahren, fast unmöglich, denn diese Berufe waren nur für die Männerwelt bestimmt.

Da die Wirtschaft in den Jahren steil aufwärts geht, ziehen die ersten Frauen in den Berufen ein. Nach der Ausbildung mit erfolgreichem Abschluss steht Susanne nun auch beruflich die Welt offen.

Nach einigen Bewerbungen in der Maschinenbaubranche, hat sie mehrere Angebote zur Auswahl, und entscheidet sich in einem großen Ingenieurbüro als Technikerin zu arbeiten.

Ihr Mann Heinz absolviert ein Studium zum Sicherheitsingenieur und arbeitet bei einer großen Firma. Er macht sich später selbstständig.

Die damalige Wirtschaftslage, man nannte sie die Wirtschaftswunderjahre, kann man mit der heutigen Zeit, wir schreiben das Jahr 2016, nicht mehr vergleichen. In den fünfziger Jahren entwickelte sich in der Bundesrepublik erstmals der Massenkonsum. Autos, Langspielplatten und Taschenbücher – neue Produkte, versüßten alle Lebensbereiche.

Der Wiederaufbau gelingt schnell.

Viele berufliche Möglichkeiten werden den jungen Menschen damals geboten, so dass auch Susanne und ihr Mann Heinz ihre berufliche Laufbahn, nach ihren Wünschen frei wählten.

Später bekommen sie eine Tochter Sophia und sind eine glückliche kleine Familie. Dann wird Susannes Mutter krank und Susanne übernimmt die Pflege ihrer Mutter.

Sie fühlt sich, wie früher, verantwortlich für ihre Mutter. Plötzlich sind all die alten Gefühle, die Ängste und Sorgen wieder da.

Susannes Mutter hat Krebs.

Das ist die schlimmste Zeit ihres bisherigen Lebens, da sie selber in der Zeit an einer chronischen Krankheit erkrankt. Die Krankheit heißt Hashimoto Thyreoiditis (Zerstörung der Schilddrüse) und wird von nun an Susanne ein Leben lang begleiten.

Der Krebs, der Mutter ist sehr weit fortgeschritten, bevor sie überhaupt einen Arzt aufsucht und es dann der Familie mitteilt.

Susanne ist gerade 27 Jahre alt, ihre Tochter Sophia ist ein halbes Jahr, als sie von der Erkrankung ihrer Mutter erfährt. Sie schafft es immer wieder Susanne ein schlechtes Gewissen einzureden, denn die Erwartungshaltung gegenüber ihrer Tochter ist groß.

Susanne habe zu wenig Zeit für die Mutter und sie habe mehr von ihrer Tochter Susanne erwartet.

Zu dem Zeitpunkt weiß Susanne nicht, dass sie den Anspruch der Mutter nie erfüllen kann. Ihre Mutter hat durch die vielen schrecklichen Erlebnisse der vergangenen

Jahre, viele Ängste entwickelt und kommt alleine nicht zurecht. Sie trägt ein Geheimnis mit sich und das kann nur sie selber lösen.
Viel später erfährt Susanne die ganze Wahrheit.

Während der Krankheit verschließt sich die Mutter immer mehr. Der Vater Erwin, ihre Schwester Elisabeth, sowie Susanne, kommen nicht mehr an sie heran.
Kamen sie überhaupt je einmal an sie heran?
Ihre Schwester Elisabeth hat dem ganzen familiären Druck den Rücken gekehrt.
Sie lebt im Süden Deutschlands, ist dort glücklich verheiratet und die Entfernung zum Elternhaus, bringt ihr die nötige Distanz.
Der Vater und Susanne kämpfen verzweifelt um das Leben der Mutter.
Sie lehnt alles ab, was ihr Leben verlängert hätte und Susanne und ihr Vater müssen lernen, das sie nicht viel für sie tun können.
Sie stirbt fünf Jahre nach ihrer Diagnose Krebs, im Alter von 63 Jahren und nimmt ihr großes Geheimnis mit ins Grab. Der Tod hat etwas Geheimnisvolles, aber auch Friedliches.
Susannes Gefühle sind friedlich, endgültig, aber sehr geheimnisvoll. Mit Spannung blickt sie in die Zukunft. Sie fragt sich ängstlich, werde ich je erfahren was Mutter so zugesetzt hat.
Die Kampfspuren auf dem Gesicht der Mutter sind verschwunden und Frieden macht sich breit.
Im Nachhinein ist Susanne sehr verwundert, dass viele Verwandte alles so furchtbar finden. Sie hat nichts Furchtbares, Bedrohliches gefühlt. Eine unbeschreibliche Ruhe und Gelassenheit macht sich breit
Susanne bekommt ihr zweites Kind. Sie und ihr Mann sind sehr glücklich über einen gesunden Jungen Namens

Christian. Ihre Tochter Sophie ist jetzt fünf Jahre alt und liebt ihren kleinen Bruder über alles.

Die Freude kehrt zurück in Susannes Leben.

Der Vater und Susanne versuchen über viele Gespräche etwas Licht in die Dunkelheit, die Mutter umgab, zu bringen.

Es gelingt ihnen nicht.

Sie haben viele Fragen, die unbeantwortet bleiben.

So meint Susannes Vater:

„Warum wollte Mutter immer zum Onkel Fritz?

Warum hatte sie so große Angst vor ihrem Vater?

Warum kam ich mir oft so hilflos ihr gegenüber vor?

Warum hat sie alle Therapien abgelehnt, die ihr Leben erleichter, bzw. verlängert hätten?

Warum, warum, warum?"

Susanne und auch Elisabeth können ihm keine Antwort darauf geben.

Susanne fühlt dieselben Fragen in sich aufkommen. Auch sie findet für sich keine Antworten darauf.

So fragt Susanne ihren Vater:

„Warum durfte ich nicht in den Kindergarten?

Warum hat Mutter mir immer vermittelt, ich würde mich nicht genug um sie kümmern?

Warum war Mutter so ängstlich, was sie mich in vielen Situationen spüren ließ?

Warum hat sie zwischen mir und meiner Schwester, so große unterschiedliche Entscheidungen getroffen?

Warum ist ihr Bruder, Onkel Fritz so wichtig?

Warum suchte sie immer seine Nähe?"

Auch der Vater kann Susanne diese Fragen nicht beantworten.

Ihre Schwester Elisabeth hat wenig davon mitbekommen. Sie hat die letzten Tage der Mutter nicht so intensiv miterlebt.

Onkel Fritz könnte ihnen so manche Antwort geben, das spüren sie Alle. Doch von ihm bekommen sie keine Antworten. Im Gegenteil, er wird schnell nervös und geht in die Flucht, wenn Fragen über ihre Mutter Frieda, seine Schwester kommen.

Susanne, Elisabeth und der Vater, alle kämpfen mit Gefühlen, die sie durcheinander bringen.

Die einzige Erklärung, die sie realistisch sehen, sind die Kriegserlebnisse, die vielen Menschen, auch Susannes und Elisabeths Familie und den Großeltern, widerfahren sind.

Als der Vater 10 Jahre später stirbt, hat er keine zufriedenstellende Antworten darauf gefunden.

Susanne fühlt immer mit ihm, denn er litt oft still für sich hin. Die Ungewissheit, das Gefühl einiges Geschehene, hätte geklärt werden können, beeinträchtigt auch Susannes Leben. Sie kann lange Zeit an nichts anderes denken, als endlich auf die Fragen, die immer noch offen sind, eine Antwort zu finden, um Klarheit in die ganze verworrene Geschichte zu bringen.

Zu dieser Zeit hat sie zwei Kinder, Sophie 5 Jahre alt, und Christian 4 Monate. Ein wundervoller, liebender Mann steht ihr zur Seite.

Es kommt der Tag, den sie nie vergessen wird.

Ihre Gesundheit ist angeschlagen, denn ihre chronische Erkrankung Hashimoto Thyreoiditis macht ihr zu schaffen.

Ein CT, eine Computertomographie wird gemacht.

Das Ergebnis ist positiv, eine deutliche Veränderung der Hirnanhangdrüse, der Hypophyse, ist zu erkennen.

Ein Tumor ? Eine Entzündung ? Ein Hypophysen Adenom!

Die erste Diagnose der Ärzte heißt, ein Hypophysen Adenom. Eine Erkrankung der Hirnanhangdrüse (gutartiger Tumor). Er ist millimeterklein, wird nicht operiert, beeinflusst aber den Hormonhaushalt. Hieraus entstand die

Autoimmunkrankheit, chronische Erkrankung der Schilddrüse, die Hashimoto-Thyreoiditis heißt.

Viele Jahre der Ungewissheit und des Leidens liegen hinter Susanne. Sie hat viele Beschwerden, die sich kein Arzt so richtig erklären kann. Sie sind nicht lebensbedrohlich, aber beeinflussen stark den Alltag.

Susanne bekommt mit der Zeit höllische Angst und ist völlig erschöpft.

Als sie die Mitteilung der Diagnose erhält, fällt etwas Totes, Starres von ihr ab. Gefühle regen sich, dann flammt Hoffnung und neue Kraft in Susanne auf. Seid ewigen Zeiten spürt ich sie wenig Boden unter den Füßen.

Auf dem kleinen Fünkchen Hoffnung, nun eine ansprechende Behandlung zu bekommen, baute sie ihr weiteres Leben auf.

Eine OP, die als eine erfolgreiche Behandlung empfohlen wird, hat Susanne verweigert. Ihr waren die Risiken zu groß. Sie wird mit Medikamenten behandelt, bekommt eine Menge Hormone und machte den Schritt zur alternativ Medizin. Sie geht zu einem Heilpraktiker. Hier erfährt sie das erste Mal, was mit der alternativen Medizin alles so möglich ist.

Susanne ist begeistert. Der Heilpraktiker erklärt ihr, wie der Körper, der als eine gesamte Einheit gesehen wird, mit den massiven Störungen umgeht. Der Mensch wird in seiner Einzigartigkeit, die gesamte Gesundheit behandelt. Hier werden die vielen Fragen, die Susanne auf dem Herzen hat, das erste Mal ausführlich und verständlich erklärt. Sie versteht jetzt was mit ihr los ist.

Nun beschäftigt sie sich ausführlich mit alternativen Heilmethoden und geht viele Wege, die sie letztendlich immer neugieriger werden lassen.

Plötzlich wird ihr Leben erneut auf den Kopf gestellt.

Susanne hat gerade Besuch von ihrer Schwester Elisabeth aus dem Schwarzwald.

Da kommt ein Anruf von Onkel Fritz: „Ich möchte euch zwei Elisabeth und dich Susanne zum Essen einladen. Wir müssen uns über eure Eltern unterhalten, darum kommt bitte alleine."

Susanne ist ganz irritiert und antwortet: „Es muss wohl wichtig sein, du hörst dich so ernst an und machst mich neugierig. Wir kommen natürlich."

Bei Elisabeth und ihr tauchen jetzt tausend Fragen auf: „Geht es um eine Erbschaft?" fragt Elisabeth ihre Schwester Susanne.

„Mir ist davon nichts bekannt. Onkel Fritz war Mutter ja immer sehr nahe, vieleicht gibt es da noch Dinge, die wir nicht wissen!" gab Susanne ihr zur Antwort.

"Meinst du wirklich?"fragt Elisabeth und bekommt große Augen.

Susanne kann sich beim besten Willen keinen Reim darauf machen.

Also warten sie auf den darauffolgenden Tag, der Aufklärung bringen wird.

Elisabeth ist jetzt aber ganz gespannt, was es zu berichten gibt.

„Ja, warten wir bis morgen," kommt die knappe Antwort von Susanne.

Ihre Gedanken kreisen nun die ganze Zeit um Onkel Fritz.

Viele Situationen gehen ihr durch den Kopf, die sie im Zusammenhang mit Onkel Fritz erlebt hat.

Der Vater mochte ihn nicht besonders.

Er konnte nicht verstehen, warum Onkel Fritz so wichtig für Frieda war, denn fast jede freie Minute, die Mutter Frieda erübrigen konnte, wurde für einen Besuche bei Onkel Fritz genutzt.

Die vielen Situationen, die sie in ihrer Kindheit erlebt hat und die ihr keiner erklärt hat, lassen bei ihr immer wieder das seltsame Gefühl entstehen, dass mit ihr irgendetwas nicht stimmt.

Sie weiß nicht was es ist, aber die Ungewissheit begleitet sie und ist immer noch unerträglich. Susanne verschloss und verschließt sich auch jetzt wieder.

Sie ahnt nicht wie nah sie an der Wahrheit ist.

Ihre Schwester Elisabeth und sie, treffen sich nun, zum vereinbarten Termin, bei Onkel Fritz.

Er kommt ihnen sehr nervös und fahrig vor.

Susanne kann es nicht einordnen.

Seine Frau, Tante Ilse, hat gekocht und der Tisch ist schön gedeckt.

An Essen ist nicht zu denken, Spannung liegt in der Luft.

Sie setzen sich erst einmal gemeinsam ins Wohnzimmer und warten gespannt darauf, was es so wichtiges zu berichten gibt.

Onkel Fritz läuft ständig hin und her. Er schaut sie mit ängstlichem Blick an.

Susanne wird selber ganz nervös, und sie bekommt einen Kloß im Hals.

Ahnte sie doch immer, dass es ein Geheimnis in der Familie gibt.

Die Spannung ist kaum auszuhalten.

So kennt sie ihren Onkel Fritz gar nicht.

Ihre Schwester Elisabeth beendete die gespannte Situation und fragt frei heraus:

„ Was gibt es denn so wichtiges, was ihr uns mitteilen müsst?"

Tante Ilse blickt Onkel Fritz herausfordernd an und meint: „Jetzt sage es ihnen endlich, sonst sage ich es den Beiden. Sie müssen es mal erfahren. Sie haben ein Recht darauf." Jetzt steht Panik in seinem Gesicht und leise sagt er nun:

„Ich bin euer Halbbruder, nicht euer Onkel!"

„Was hast du gerade gesagt?

Habe ich das richtig verstanden?

Du bist unser Halbbruder?" stottert Susanne fassungslos.

Sie richtet sich kerzengerade auf und sieht aus, als wenn sie jeden Moment aufspringt und einen Wutausbruch bekommt.

Ihre Schwester Elisabeth ist ganz blass geworden und sitzt regungslos auf ihrem Platz.

Ihr hat es die Sprache verschlagen.

Tante Ilse lässt sich entspannt in die Kissen der Couch fallen.

Endlich ist es gesagt, endlich!!

Ein lange, sehr lange Pause, entsteht.

Susannes Gedanken überschlagen sich. Sie spürt eine große Wut aufsteigen.

Sie hat es immer gewusst, gespürt, dass es etwas gibt, was dringend geklärt werden muss und hat es immer auf sich bezogen.

Onkel Fritz sieht Susanne mit großen Augen, voller Angst an: „Du hast es doch gewusst, oder? Du oder ihr habt es doch gewusst, dass wir die selbe Mutter haben!"

"Ich habe viel beobachtet, gespürt, nicht verstanden, was oft für eine Stimmung in der Luft lag. Ich war total verunsichert. Ich habe verzweifelt nach Antworten gesucht. Ich habe nichts gewusst.

Ich bin geschockt.

Ich brauche Zeit, um es zu verstehen.

Ich werde gerade richtig wütend.

Mutter hatte noch nicht einmal Vertrauen zu mir, obwohl ich sie gepflegt habe.

Ihren eigenen Mann hat sie belogen. Vater war oft so verzweifelt und musste ohne jegliche Erklärung sterben!

Warum nur?

Hast du eine Geburtsurkunde?

Ich würde sie gerne sehen. Ich kann es einfach nicht glauben!" entgegnete Susanne.

Jetzt schossen ihr die Tränen in die Augen.

Ihre Schwester Elisabeth erwacht aus ihrer Starre und findet die Sprache wieder.

Sie ist eher ein Realistin und kann ihre Gefühle gut verstecken.

Die Geburtsurkunde ist etwas greifbares, etwas Realistisches, damit kommt Aufklärung in die Geschichte. Elisabeth sagt: „Ich bin genauso fassungslos, wie du Susanne! Zeig uns mal bitte die Geburtsurkunde, dann sehen wir es schwarz auf weiß. Wer ist denn dein Vater?"

Bewegung kommt in Onkel Fritz, er scheint erleichtert zu sein.

Die Geburtsurkunde liegt natürlich schon bereit und hier sehen sie es jetzt schwarz auf weiß.

Der Name, der Mutter der beiden Mädchen, taucht auf. Der Name von Onkel Fritz, Bruder Fritz taucht auf, das Geburtsdatum stimmt. Der Geburtsort ist das Heimatdorf ihrer Mutter Frieda. Der Eintrag für den Vater fehlt. Der Vater ist unbekannt.

„Bevor ihr jetzt nach dem Vater fragt, wie ihr seht ist der Vater unbekannt. Ich weiß auch nichts anderes. Ich habe schon viel recherchiert und werde noch weiter recherchieren. Es lässt meine Gedanken noch nicht zur Ruhe kommen.

Ich bin froh, dass ihr es jetzt wisst," redet Onkel, Bruder Fritz erleichtert los.

Susanne ist völlig durcheinander.

Ihre Schwester ist gefasster und fragt: „Tante Ilse, erzählt doch bitte mal, was du weißt!"

Auch sie wirkt erleichtert und gibt bereitwillig Auskunft:
„Ich habe es erfahren, als wir heirateten. Fritz brauchte für unsere Hochzeit die Geburtsurkunde und viele Wochen vergingen, bis wir sie in den Händen hielten. Es hieß immer,

die Urkunden sind auf der Flucht, von Schlesien in den Westen, verloren gegangen.

Bis Fritz sich auf den Weg machte und bei den zuständigen Behörden nach Ersatz fragte, bzw. was wir in dem Fall unternehmen müssen. Daraufhin kamen eure Großeltern und eure Mutter in Bedrängnis, denn sie merkten, dass es ernst wurde.

Es kommt zu einem Gespräch. Fritz erfährt jetzt erst, dass die Eltern, die ihn als ihren eigenen Sohn großgezogen haben, seine Großeltern sind und dass seine große Schwester Frieda, seine Mutter ist.

Sein Vater wäre unbekannt. Eure Mutter Frieda und auch eure Großeltern haben darüber geschwiegen.

Wir haben durch sie nichts Näheres in Erfahrung gebracht. Für Fritz brach eine Welt zusammen. Sein ganzes bisheriges Leben war auf einer Lüge aufgebaut."

Ilse sieht Fritz nun liebevoll an: „Jetzt haben wir den ersten Schritt gemacht. Ihr seht, es ist gar nicht so schwer. Auch ich bin froh, dass wir uns heute getroffen haben, und endlich nach so langer Zeit mal über diese Geschehnisse reden."

Sie sind alle ziemlich durcheinander und an Essen ist nicht mehr zu denken.

Susannes Gedanken wirbeln nur so durch den Kopf, sie weiß nicht wo sie ansetzen soll, denn auch ihr bisheriges Leben ist mit vielen Lügen gepflastert.

Ihrer Schwester Elisabeth geht es genauso, aber sie bleibt vorerst einmal realistisch und sagt jetzt: „Wie alt war unsere Mutter denn, bei deiner Geburt, eigentlich? Ich kann noch nicht einmal mehr rechnen."

„Sie war gerade 15 Jahre alt. Sie ist mit 14 Jahren schwanger geworden und das in den Jahren 1938 - 1939. Ich weiß gar nicht, wie man zur damaligen Zeit damit umgegangen ist.

Ich habe sie sehr ängstlich und schreckhaft in Erinnerung. Oft hatte sie einen hilfesuchenden , aber auch warnenden

Blick auf mich gerichtet. Ich wurde immer und überall als den Bruder vorgestellt.

Es fällt mir heute noch schwer die Tatsachen zu glauben. Meine Enttäuschung ist groß. Sie hat mich verstoßen und suchte trotzdem meine Nähe ", antwortet Onkel Fritz, ganz betroffen. „Ich vermute mal, das sie viel Leid erfahren hat, da sie eventuell vergewaltigt worden ist, das ihr eigener Vater auch mein Vater ist. Das erklärt zu mindestens Mutter Friedas Angst vor dem eigenen Vater. Wir haben es alle gespürt und die Panik in ihren Augen gesehen. Doch sie hat für sich beschlossen, das Geheimnis mit ins Grab zu nehmen."

Seine Augen glänzen und er schluckt schwer an seinen Tränen.

Ilse meint: "Jetzt verdaut es erst einmal und die Fragen, die dann alle kommen werden, können wir zu einem späteren Zeitpunkt besprechen. Nur eins noch, Onkel Fritz ist ab sofort Fritz euer Bruder und ich bin eure Schwägerin Ilse. Darauf trinken wir jetzt einen kleinen Likör."

Sie richtete vier kleine Gläser mit einem Kräuterlikör, der für alle Fälle gut für den Magen und die Nerven ist.

Mit einem erlösten Lächeln prosten wir uns zu.

Wir vereinbaren uns zu einem späteren Zeitpunkt wieder zusammen zu setzen und weitere Fragen gemeinsam zu beantworten.

Fritz hat genauso viele Fragen, die er sich bis heute nicht beantworten kann.

Betroffen und völlig durcheinander verabschieden sie sich.

Susanne und Elisabeth machen sich auf den Heimweg.

Ihre Schwester Elisabeth redete jetzt pausenlos auf sie ein: „Hast du wirklich nichts gewusst? Du hast Mutter doch gepflegt!"

„Nein," meint Susanne schroff, „lass mich in Ruhe. Es ist ja gerade so schlimm für mich, da ich sie gepflegt habe.

Vater und ich waren oft verzweifelt, weil wir sie immer als einen misstrauischen Menschen erlebt haben, und sie so viele Hilfeleistungen abgelehnt hat.

Sie hatte etwas auf dem Herzen, das haben wir gespürt, aber sie hat sich ja noch nicht einmal uns anvertraut."

Susanne laufen jetzt die Tränen übers Gesicht.

Ihre Blicke sind auf den Boden gerichtet und sie ist froh, dass sie noch einen längeren Weg vor sich haben.

Elisabeth sieht sie erschrocken an und sagt leise:

„Ich habe nicht gewusst, dass es so schlimm für dich ist. Ich habe auch nicht mitbekommen, dass Vater so gelitten hat. Er war immer sehr bedrückt. Die große Entfernung zu euch, hat manches bei mir außen vor gelassen."

Nun wird Susanne wütend und sage kurz angebunden:

„Wer weiß, warum du so weit weg gezogen bist. Ich will jetzt nichts mehr hören. Für mich hast du dich einfach aus dem Staub gemacht."

Susannes Tränen wollen nicht aufhören und Elisabeth schweigt betroffen.

Sie gehen still des Weges.

Als sie bei Susanne zu Hause ankommen, hat sie sich etwas gefangen.

Sie ist froh, dass es schon so spät ist und die Kinder im Bett sind.

Ihrem Mann Heinz fällt natürlich sofort die Veränderung auf.

Er sieht Susanne betroffen an und fragt: „Hallo meine Liebe, sind deine schlimmen Befürchtungen eingetreten?" Er nimmt sie in die Arme und wieder rollen Susanne die Tränen übers Gesicht.

Ihre Schwester blickt zur Seite und meint: „Susanne wird es dir schon sagen."

Plötzlich bricht es aus ihr heraus: „Stell dir mal vor, Onkel Fritz ist nicht unser Onkel, er ist unser Halbbruder. Wir haben alle die gleiche Mutter, nur er hat einen anderen

Vater, den keiner kennt. Ich bin völlig durcheinander. Mutter hatte kein Vertrauen zu mir, sie hat mir gegenüber nie etwas erwähnt, obwohl wir uns zum Schluss so nahe gekommen sind. Jetzt ist sie tod und ich kann sie überhaupt nichts mehr fragen," sprudelt alles aus Susanne heraus.

Susannes Mann versucht sie zu beruhigen: „Oh, das ist ja wirklich allerhand, damit hat keiner gerechnet. Mit deinen Befürchtungen, dass etwas Geheimnisvolles eure Familie umgibt, hast du ja tatsächlich recht gehabt. Jetzt wissen wir es. Lass es uns erst einmal verdauen und dann sehen wir was so weiter passiert. Sei froh, dass du die Wahrheit weißt. Jetzt könnt ihr euch offen unterhalten."

Susannes Mann hält sie fest im Arm und sie kommt langsam in ihr Leben zurück.

Ihr Kopf dröhnt und will nicht zur Ruhe kommen.

Sie liegt die ganze Nacht wach.

Sie will etwas tun.

Sie will alles klären.

Sie will alles wissen.

Susanne weiß noch nicht wie sie es anfangen soll.

Plötzlich ist über Nacht alles anders.

Eins fällt Susanne wie Schuppen von den Augen, sie ist ein völlig normaler Mensch mit Ecken und Kanten.

Sie hat nichts mit Mutters Unzufriedenheit und Ängstlichkeit zu tun. Egal, wie sie sich für ihre Mutter einsetzte, es reichte nie. Es konnte auch nicht reichen, denn ihre Mutter hatte beschlossen, ihr Geheimnis für sich zu behalten.

Sie alle, ob Susanne, ihre Schwester Elisabeth, der Vater, aber auch Freunde, haben gespürt, dass etwas nicht stimmt. Die Mutter konnte mit der Wahrheit nicht leben, sie hat geschwiegen und beschlossen, die furchtbare Tat, das schreckliche Erlebnis, mit in den Tod zu nehmen.

Sie wäre sonst daran zerbrochen.

Susanne weiß bis heute nicht, was ihr widerfahren ist.

Die damalige Zeit, im Jahre 1939 auf dem Land, die Tochter eines Großgrundbesitzers, in einem kleinen Dorf, 14 Jahre alt und plötzlich schwanger!

Was war passiert?

War es aus Liebe oder aus Zwang passiert?

Eine Vergewaltigung etwa, wie Fritz vermutete?

Welche Auflagen kamen aus dem Elternhaus?

Wie reagierte ihre Mutter, Susannes Oma?

Susanne hat sie als stille, kleine, sehr hübsche, unscheinbare Frau in Erinnerung.

Wie reagierte ihr Vater, Susannes Opa?

Susanne hat ihn als sehr bestimmend, streng, angsteinflößend in Erinnerung.

Eine vage Vermutung schießt Susanne durch den Kopf. Sie wagt kaum den Gedanken auszusprechen, geschweige denn, ihn zu Ende zu denken. Ihre Mutter Frieda wollte nie ihren Vater, Susannes und Elisabeths Opa, besuchen, schon gar nicht alleine. Vielleicht hat er ihr das furchtbare Erlebnis zugefügt. Vielleicht hat er seine eigene Tochter vergewaltigt.

Susanne läuft es eiskalt den Rücken herunter, bei dem Gedanken.

Ihre Mutter musste sich auf jeden Fall den Eltern fügen und strenge Regeln einhalten. Sie wurde zum Schweigen über die Tatsachen, die ihr widerfahren waren, gezwungen. Viele Situationen, die Stimmungen bei gemeinsamen Feiern, alles sprach dafür.

Später konnte sie nicht mehr anders. Sie hat übers Schweigen gelernt sich zu schützen, oder aus Scham.

Was sie ihrer eigenen Familie damit angetan hat, hat sie verdrängt. Ihre Angst war zu groß.

Der Krieg ließ sie dann immer mehr verstummen. Das Geschehene lag tief vergraben in ihr.

Susannes Schwester Elisabeth ist mit dieser Erklärung zufrieden und will nichts mehr darüber wissen oder sprechen.

Sie fährt kurzerhand in den Schwarzwald, in ihre Heimat zurück.

Susanne hört lange nichts von ihr.

Die Distanz tut beiden Geschwistern gut und Susannes routinierter Alltag kehrt schnell wieder ein.

In ihrem Innern herrscht jetzt aber das reinste Gefühlschaos.

Sie denkt nur,

ich will leben,

ich will überleben!

Sie ist allein zu Hause und fühlt sich schrecklich durcheinander. Jetzt zieht ein Gewitter heran.

Sie sitzt in einem gemütlichen Ohrensessel und ihre Gedanken wollen keine Ruhe finden.

Es ist Juni und der Sommer ist noch nicht ganz da.

Der sonnige, blaue Himmel wird langsam grau.

Ein Grollen ist in der Ferne zu hören.

Susanne lauscht und wird unruhig. Nicht wieder so ein Unwetter. Sie steht auf und entscheidet sich den Himmel zu beobachten.

Das Wolkenspiel sieht bedrohlich aus. Ihre Anspannung steigt. Jede Wolke sucht sich ihren Weg. Weiße, graue, schwarze Wolken, in allen Farbabstufungen, ziehen sie mit großer Geschwindigkeit am Fenster vorüber. Blitze, Wetterleuchten, aus undefinierbarer Richtung, erhellen die Umgebung. Bäume und Büsche werfen schwarze Schatten und biegen sich im heftigen Sturm.

Alles gerät durcheinander und wirkt bedrohlich.

Susanne spürt ihre Anspannung deutlich und zwingt sich zur Ruhe. Genauso sieht es in ihr aus.

Donner grollen durch den Ort und der Sturm wird immer stärker.

Der Mensch hat keine Kontrolle darüber.

Endlich, heftiger Regen setzt ein, so ein typischer Starkregen, der plötzlich alles unter Wasser setzt. Die Kanalisation schafft es kaum. Susanne kommt es wie eine Erlösung vor.

Das Durcheinander draußen in der Natur, hat eine Lösung gefunden zur Ruhe zu kommen. Die Wolken erleichtern sich. Blitz und Donner haben ihr Werk vollbracht, Angestautes, nicht Zusammenpassendes entlädt sich, lässt los, gibt ab.

Die Erde, die Natur freut sich. Sie bekommt Nahrung, Wasser! Wasser zum wachsen!

Letzte Blitze, letztes Wetterleuchten sieht Susanne in der Ferne am Himmel. Es sieht aus wie ein erleichtertes Aufatmen. Ruhe kehrt ein.

Die Temperatur passt sich an. Sie gerät ab und an aus dem Gleichgewicht / warm - kalt / was jetzt?

Alles im Durcheinander.

Ein Gewitter entsteht.

Spannung liegt in der Luft - in der Atmosphäre!!!!!!!!!!

Wir Menschen, wir können die Natur nicht bezwingen!!!!

„Wir können auch nicht die Menschen bezwingen!" denkt Susanne, „ach könnte ich doch auch so viele Tränen weinen, mit Getöse und Geschrei meine Enttäuschung, meine Wut nach außen bringen, um danach endlich meine innere Ruhe und Frieden wieder zu finden!"

Susanne versucht sich zu entspannen!

Sie versucht ihre Gefühle auf ihre Familie zu konzentrieren und verdrängt erst einmal ihre eigene Vergangenheit, das Geschehene, bzw. sie will nicht an ihre Kindheit und ihr Elternhaus denken und ist für jede Ablenkung dankbar.

Sie friert ihre Gefühle ein und nach einiger Zeit fühlt sich alles in ihr nur noch Tod an. So kommt sie ihrer Mutter ganz nahe, denn auch ihre Mutter hatte diesen Weg gewählt.

Jetzt ist sie endgültig am Ende ihrer Kräfte und es schießt ihr durch den Kopf, ich brauche Hilfe, professionelle Hilfe!

Der Gedanke lässt einen Schimmer Hoffnung in Susanne aufflammen.

Mit Hilfe kann sie bestimmt Klarheit in ihre Geschichte, ihre Vergangenheit bringen.

In dieser Zeit suchen Susanne und ihr Mann Heinz ein kleines Haus für ihre Familie. Sie werden fündig und ziehen ins Nachbardorf.

Für Susanne ist dieser Umzug von großer Bedeutung.

Sie will die äußerliche Veränderung zum Anlass nehmen, neue Wege zu gehen, neue Ziele setzen, an ihrer Persönlichkeit arbeiten und hofft auf neue Impulse in neuer Umgebung.

Nun sind die Kartons gepackt und voller Vorfreude und Spannung warten sie alle auf den Umzugswagen.

Sie beziehen ihr erstes Haus.

Ihre Kinder, Sophia und Christian sind begeistert, denn jeder bekommt ein eigenes Zimmer. Der Schulalltag hat sich nicht geändert und die Freunde der Beiden, wohnen nach wie vor in unmittelbarer Nähe.

Susanne bekommt ihr eigenes kleines Büro, denn sie arbeitet von zu Hause aus, für die Buchhaltung und die Rechnungsabteilung mehrerer Firmen.

Die neue Umgebung, das neue kleine Vorstadthaus werden zum Alltag.

Nun wird es Zeit an den persönlichen Zielen zu arbeiten.

Susanne erkundigt sich in der Umgebung über Freizeitangebote und Möglichkeiten, die ihren persönlichen Alltag bereichern, unter anderem eine geeignete Gesprächspartnerin zu finden, mit der sie über ihre persönlichen Erlebnisse reden kann. Zu einem Psychologen will sie nicht gehen, denn ihr Vertrauen zu den Ärzten hat stark gelitten, und alles was mit der Schulmedizin zu tun hat, kommt für sie nur noch im Notfall in Frage.

So lernt sie Klara kennen.

Eine intensive Freundschaft beginnt und die professionelle Hilfe für aufklärende Gespräche wird erst einmal überflüssig.

Klara wohnt ein paar Straßen von Susanne entfernt. Sie ist begeisterte Sportlerin und Trainerin in der hiesigen Sportanlage. Sie trainiert auch eine Aquarobic Gruppe im nächsten Dorf.

Susanne meldet sich bei ihr zum Aquarobic an.

Brigitte und Irmgard, die Susanne schon kennen gelernt hat, nehmen ebenfalls daran teil.

Nun fahren sie jeden Donnerstagmorgen ins Nachbardorf zum Training. Sie bilden zu diesem Zweck eine Fahrgemeinschaft.

Um 9.00 Uhr geht die Trainingsstunde los.

Da heißt es, pünktlich sein, umziehen, raus aus den Straßensachen und rein in den Badeanzug, kurz unter die Dusche und ab ins kühle Nass. Gott sei Dank gibt es keine Badehauben Pflicht mehr.

Die Trainerin Klara begrüßt alle:

„Guten Morgen alle zusammen. Seid ihr alle guter Laune? Nun, dann wollen wir mal wieder etwas für unsere Fitness und Körperhaltung tun."

Bei poppiger Musik und schnellen Rhythmen laufen sie alle nach ihren Anweisungen durch das Wasserbecken und versuchen den Körper in Form zu bringen. Die Mundmuskulatur wird ebenfalls fleißig trainiert, denn es gibt immer etwas zu erzählen und sie haben eine Menge Spaß dabei. So auch in der kommenden Trainingsstunde.

Unter den vielen Teilnehmerinnen trainiert auch Mutter Betty mit ihrer Tochter Gaby. Sie ergänzen sich bei jeder Gelegenheit. Mutter Betty trainiert vorsichtig und im gemäßigten Tempo, da sie schon weit über sechzig Jahre alt ist. Sie kommt immer mit Badehaube und achtet darauf, so wenig Wasser wie möglich ins Gesicht zu bekommen. Ihre Tochter Gaby trainiert im gleichen Tempo, da sie eine

Menge an Gewicht vorzeigen kann und immer wunderschön geschminkt erscheint.

Heute ist die Unterhaltung der Beiden eine Bereicherung für die ganze Gruppe. Sie sind bekannt und überall gerne gesehen.

Sie bringen an diesem Donnerstagmorgen eine große Unruhe in die Trainingsstunde. Gegen Ende der Stunde vermissen sie einen Kabinenschlüssel.

„ Mein Kabinenschlüssel ist weg." sagt Mutter Betty ganz aufgeregt zu ihrer Tochter Gaby. „ Ich komme weder an mein Dusch-Das noch an meine Handtücher. Ich habe alles eingeschlossen."

„Also so etwas! Bestimmt hast du vergessen wo du ihn hingelegt hast," erwidert Gaby, „ komm wir suchen ihn zusammen. Wer von euch wäre denn so nett und hilft uns suchen?"

Der größte Teil der Frauen zuckt mit den Schultern, murmelt etwas von selber schuld, verschwindet unter der Dusche und beachtet die ganze Aufregung nicht weiter. Die Trainerin Klara kümmert sich rührend um Mutter und Tochter. Susanne und ihre Freundinnen helfen suchen.

Brigitte taucht im Wasserbecken, kommt schnaufend wieder heraus. Der Schlüssel ist nicht da. Jetzt suchen sie die Gänge ab, die Papierkörbe werden umgedreht, die Toiletten kontrolliert, auf und unter die Schränke geschaut und im Duschraum nach dem Verschwinden des Schlüssels gesucht. Die ganze Sucherei findet im Gänsemarsch mit sechs Frauen statt. Der Schlüssel bleibt verloren.

Sie beraten jetzt, was zu tun ist!

Die Trainerin Klara beschließt: „Wir werden jetzt alle duschen, dann bis auf Mutter Betty, uns in trockene Kleidung begeben und den Hausmeister zur Hilfe rufen."

Völlig aufgelöst stehen nun Mutter Betty und Tochter Gaby nebeneinander unter der Dusche und diskutieren lautstark über so viel Schusseligkeit und Vergesslichkeit.

„Mutti, es ist immer wieder das selbe mit dir. Du wirst doch vergesslich. Ich glaube nicht, dass jemand den Schlüssel absichtlich verlegt hat. Wir sind doch eine tolle harmonische Gruppe."

Plötzlich durchdringt ein greller Schrei den Duschraum.

„Oh, mein Gott, da ist ja der Kabinenschlüssel!" schreit Mutter Betty.

Alle zucken zusammen und ein vermisster Kabinenschlüssel fällt zu Boden. Mutter Betty hat gerade ihre Badehaube vom Kopf gezogen und traut ihren Augen nicht. Alle reden durcheinander. Mutter Betty hat die ganze Zeit den Schlüssel auf dem Kopf getragen, ihn nicht bemerkt und mit den anderen Frauen das vermisste Stück verzweifelt gesucht. Eine große Erleichterung bricht aus und das Gelächter nimmt kein Ende. Als sich die Freude über das Wiederfinden des Schlüssels legt, kennt die Fantasie keine Grenzen mehr. Viele witzige Bemerkungen kommenden Damen über die Lippen.

Tochter Gaby ist die Sache peinlich und wirkt verlegen: "Mutti, beim nächsten Mal wirst du dich einer Körperkontrolle unterziehen müssen. Ich werde dich im Auge behalten, aber zum Lachen ist es allemal."

Beschwingt fahren Susanne, Brigitte, Irmgard und Klara nach Hause, mit dem Gefühl etwas Gutes für die Gesundheit und die menschlichen Beziehungen getan zu haben.

Hier fühlt sich Susanne richtig wohl. Der Sport gehört ab sofort zu ihrem Gesundheitstraining und macht viel Spaß.

Klara, die Trainerin und Susanne sind sich direkt sympathisch.

Sie verabreden sich zum walken.

Es ist Herbst und der Wetterbericht im Radio bringt Regen nichts als Regen, aber angenehme Temperaturen.

Susanne steht sehr früh auf, zieht als erstes die Rollladen hoch und vergewissert sich, ob der Wetterbericht Recht hat. Sie freut sich riesig darüber, was sie nun draußen sieht. Es ist zwar noch dunkel, aber ganz hinten am Horizont zieht eine kleine Morgenröte am Himmel auf.

Nach der Morgentoilette huscht sie in ihre Sportkleidung und wartet voller Elan auf ihre neue Freundin Klara.

Dann geht es los. Nach drei Minuten erreichen sie das offene Feld und Susannes ganze Aufmerksamkeit lenkt sie auf die Natur und den herrlichen Morgen.

Die Unterhaltung ihrer neuen Freundin nimmt sie heute nur nebenbei wahr.

Sie liebt die Natur und findet den Herbst als eine der schönsten Jahreszeiten.

Ganz in sich versunken betrachte sie das farbenprächtige Bild, was ihr geboten wird.

Viele Felder sind frisch gepflügt.

Die schwarz, braune Erde glänzt in der Morgensonne.

Die wenigen Bäume und Büsche, die sich auf den Feldern gruppieren, geben ein farbprächtiges Bild.

Es leuchtet in allen herbstlichen Farben, ob Gold – gelb, oder rot – braun, oder das letzte Grün und das dann in allen Tönen.

Susanne ist jedes Mal ganz begeistert.

Heute Morgen gibt das Wolkenspiel am Himmel sein Übriges dazu.

Die Morgenröte verschwindet langsam und immer dichtere Wolken ziehen auf.

Es liegt eine wunderschöne Atmosphäre in der Luft und sie genießt es mit all ihren Sinnen.

Ihre neue Freundin Klara hat kaum einen Blick dafür und so bleibe Susanne mit ihren begeisterten Empfindungen allein.

Für sie sind die Atmosphäre, die Eindrücke einfach phantastisch.

Sie kann nicht genug davon bekommen.

Am Ende der Walkienrunde ist die Morgenröte ganz verschwunden und die ersten Regentropfen fallen vom Himmel. Durch das Training erreichet Susanne immer eine wohlige Wärme, und die Regentropfen bringen Abkühlung auf ihrem Gesicht.

Wieder zu Hause angekommen, verabschiedet sie sich von ihrer Freundin und träumt noch lange von diesen Eindrücken. Dies ist mal wieder ein fantastischer Tagesanfang und ihre Arbeit erledigt sie anschließend problemlos und voller Energie.

Der nächste Treff zum Walken steht schon fest.

Klara und ihre Einstellung zum Sport haben sie tief beeindruckt. Der erste Schritt zum neuen Ziel ist gemacht.

Susanne stellt Klara allerlei Fragen über gesundheitsbewusstes Training, Ernährung, Stressbewältigung usw. Klara wird stutzig und Susanne erzählt ihr ihre Geschichte, die Geschichte ihrer Erkrankung. Klara sieht sie mitfühlend an, stellt aber keine weiteren Fragen. Sie ist erstaunt über den Ehrgeiz von Susanne, denn sie möchte alles über die Gesundheit, Sport und vieles mehr wissen. Hier hat Susanne nun die ideale Gesprächspartnerin gefunden, die ihr erst mal zur Seite steht, und der sie vieles anvertrauen kann.

So treffen sie sich jetzt zweimal in der Woche am frühen Morgen, wenn alle Familienmitglieder aus dem Hause sind, zum Walken.

Der Aquarobic – Gruppe bleibt Susanne treu.

„Ich habe Neuigkeiten für dich", erwähnt Klara heute am Telefon. Susanne ist gespannt, was sie zu erzählen hat.

Sportlich und sehr modisch gekleidet, gehen die Beiden flotten Schrittes wieder über die Felder.

Über viele alltägliche Probleme diskutieren sie beim Walken. Auch gibt es manch lustige Geschichte aus ihrem Alltag zu berichten.

Heute erzählt Klara ganz aufgeregt: „Hör mal, ich habe beschlossen ein Heimstudium zu absolvieren. Ich möchte Wellnesstrainerin (Gesundheitstrainerin) werden. Ist das nichts für dich? Die Ausbildung dauert 1 1/2 Jahre und du kannst alles von zu Hause am PC erarbeiten."

Wie gut sie Susanne doch schon kennt.

„Meinst du, mit meinem Schulabschluss und der Ausbildung, die nun überhaupt nichts mit Sport zu tun hat, habe ich eine Chance?" fragt Susanne sie.

„Das sagst ausgerechnet du! Wo du so alles hinterfragst und jeder gesundheitlichen Sache auf den Grund gehst. Ein Versuch ist es auf jeden Fall wert."

Es hat Susanne gepackt und jetzt will sie alles genau wissen. Aufgeregt reden sie die ganze Walkingrunde über gemeinsames Lernen, um den Abschluss des Wellnesstrainers zu erreichen.

Zu Hause angekommen und nach kurzer Überlegung meldet sich Susanne an. Es hat sie erwischt. Die Wellnessbranche boomt und sie ist auch dabei.

Die Anmeldung klappt. Sie steigt ein, mit dem Ziel den staatlich anerkannten Abschluss des Wellnesstrainers, Gesundheitstrainer zu erlangen.

Wellnesstrainer heißt Gesundheitstrainer.

Körper, Geist und Seele in Einklang bringen.

Alle Themen, die sie schon sehr lange beschäftigen, werden hier von Grund auf erläutert, Zusammenhänge erklärt und über gezieltes Training zur Stabilisierung der Gesundheit beschrieben.

Klara und Susanne beginnen gemeinsam mit dem Studium.

Susanne besucht weiterhin den Aquarobic Kurs und sie treffen sich regelmäßig zum Walken.

Sie walken für die Gesundheit und die Theorie hierzu, liefert ihnen das Studium. So kommt es auch zu der nachfolgenden Unterhaltung zwischen Klara und Susanne, an einem Morgen, während des Walkens.

Sie studieren das Kapitel Trainings- und bewegungswissenschaftliche Grundlagen und das Walken steht mit an oberster Stelle.

„Beim Laufen wird das Gehirn regelrecht mit Sauerstoff überflutet und macht den Kopf frei. Die Denkleistung verdoppelt sich. Hast du auch schon darüber gelesen?" fragt Susanne Klara. „Außerdem wird mehr von dem Kreativitätshormon produziert."

„Du hast aber gut gelernt. Ich bin auch von dem Kapitel begeistert. Wir wussten ja gar nicht wie gesund wir trainieren. Ich weiß auch noch etwas. Wir bewegen uns an der frischen Luft und nehmen viel Sauerstoff auf. Die erhöhte Sauerstoffaufnahmekapazität beeinflusst das vegetative Nervensystem und es werden weniger Stresshormone produziert. Gleichzeitig tun wir etwas für die Fitness. Ein trainiertes Herz muss weniger oft schlagen und pumpt kräftiger und somit mehr Blut in den Kreislauf", antwortet Klara. „Zudem werden beim Walken 660 Muskeln bewegt."

„Alle Achtung Klara, wir ergänzen uns prima", erwähnt Susanne.

Auch haben wir immer ein gutes Gefühl zusätzlich noch etwas für das Gewicht getan zu haben.

Nun aber genug der Theorie. Gehen wir wieder zur Praxis über. Es ist eine lehrreiche Morgenrunde. So etwas kommt jetzt öfter vor.

Susannes Freundin Klara motiviert sie, den Sport in ihrem Alltag mit einzubeziehen.

Sie gibt ihr immer wieder Mut, wenn der Erfolg mal auf sich warten lässt oder Susanne wieder kleine Stufen zurück muss.

Susanne trainiert und lernt mit Begeisterung.

All ihre Fragen, die ihr so am Herzen liegen, kann sie nun erarbeiten.

Sie studiert und ist von den Zusammenhängen fasziniert. Susanne kauft sich viele Fachbücher und ist voller Elan und Begeisterung bei der Sache.

Erst als sie voll und ganz im Thema steckt, und das Gefühl bekommt, nur noch für sich selbst studiert, ist sie gefesselt von ihrer Arbeit.

Diese Arbeit und ihre persönlichen Erfahrungen, sind momentan zu einer ihrer Lebensaufgabe geworden.

Anfangs studiert sie für ihr Ego. Auf einmal merkt sie, dass sie viel mehr Zeit als vorgegeben braucht, vor allem bei den Kapiteln, die sich mit den Hormonen befassen. Hier lernt sie besonders intensiv. Sie besorgt sich ausführliche Literatur über das Thema und stößt auf sehr interessante Bücher, die sie in den Bann ziehen.

Susanne lässt ihr Ego aus dem Spiel. Ihr Wissensdurst wird endlich gestillt. Sie hat ihr persönliches Tempo gefunden.

Klara ist schon einige Kapitel weiter.

Das ist das Schöne an einem Heimstudium. Man kann die Arbeitszeit flexibel gestalten.

Wie sich später herausstellt, hat sie mit der Ausbildung des Wellnesstrainers eine sehr gute Entscheidung getroffen.

Sie lernt nach wie vor mit Begeisterung.

Ihre vielen Fragen, die sie so gerne von Ärzten beantwortet bekommen hätte, kann sie sich nun selber beantworten.

Sie studiert und studiert und ist von den Zusammenhängen fasziniert, was zur Folge hat, das sie noch mehr Fachbücher kauft.

Anfangs studiert sie, weil sie auch alle Prüfungen bestehen will, jetzt geht es aber erst einmal um ihre persönlichen, gesundheitlichen Fragen.

Nach einem Gespräch mit ihrem Mann, der das Studium sehr objektiv betrachtet, lernt sie um so leichter.

So wird das Hormonsystem eines ihrer Hauptthemen.

Es wird vieles vom Kopf her klarer und mit ihrem neuen Wissen hat sie ein gutes Gefühl mal wieder ein Stück weiter gekommen zu sein.

Das Verständnis für sich, ihren Körper und ihre Seele wächst. Sie bekommt ein neues Fundament, auf dem sie bauen kann.

Susanne meldete mich zum Yoga an.

Hier lernt sie durch Zufall einen Yogalehrer kennen, der Yogakurse in kleinen Gruppen abhält. Seine privaten Räume, einen kleinen Umkleideraum und einen ausgebauten Dachboden, ganz in Holz gehalten, schaffen die richtige Atmosphäre. Auch Yogamatten sind vorhanden.

Die Übungen, die aus intensives Anspannen und Dehnen der einzelnen Körperteile bestehen, erhalten den Körper beweglich und leistungsfähig.

Eine neue Welt tut sich für Susanne auf, eine Welt der Stille, der Ruhe, der Achtsamkeit, mit sich selber umzugehen.

Durch intensives Üben hat Susanne nun den Ausgleich zu ihrer Nervosität und den körperlichen Überreaktionen, wie Muskelanspannungen, heftiges Schwitzen, Gedanken-Karussell, usw., gefunden.

Das Gefühl der Ruhe entdeckte sie neu für sich.

Durch regelmäßiges meditieren lernt Susanne, ihre Angst vor dem Ungewissen und den großen Anspannung zu verlieren.

Hier hört sie auch das erste Mal von hochsensiblen Menschen.

Hochsensible Menschen unterscheiden sich von den weniger empfindlichen Menschen dadurch, dass sie eine ausgeprägte Feinfühligkeit haben.

Ihre erhöhte Empfänglichkeit für äußere und innere Reize sind sehr ausgeprägt.

Auf Geräusche, optische Eindrücke, Gerüche und Geschmacksempfindungen reagieren hochsensible Menschen besonders stark. Sie spüren sofort, wenn es zu viel wird. Einwirkungen auf die Haut und den Körper, Stimmungslagen anderer, eigene Emotionen werden viel früher wahrgenommen, als bei den weniger empfindliche Menschen.

Die Einflüsse werfen hochsensible Menschen oft völlig aus der Bahn. Sie erleben die Reizüberflutung als große Belastung und tendieren zum schnellen Rückzug, um sich wieder zu finden und zu erholen.

Auch sind hochsensible Menschen leicht zu verunsichern und zu irritieren.

Das alles hat Susanne schon erlebt. Sie weiß, dass sie oft das Gefühl hat, nicht dazu zu gehören, oder das Gefühl sie sei nicht in Ordnung. Sie hat starke Selbstzweifel und ihr Selbstbewusstsein ist angeschlagen.

Ihre Mutter hatte so viel mit sich selber zu tun, dass sie Susanne gar nicht verstehen konnte.

Susanne litt unter diesem Zustand enorm. Sie fühlte viel, sie konnte es nur nicht ausdrücken und fühlte sich dadurch entmutigt ihre Gefühle zu zeigen.

Es hieß immer, sie sei empfindlich, sie hätte immer etwas zu kritisieren. Susanne lernt von ihren Eltern sich zusammen zu reißen und viele Situationen aus zu halten.

Mit den Jahren wurde Susanne stiller und lebte in ihrer kleinen Welt alleine. Ihre Mutter machte ihr viele Vorwürfe und setzte sie oft unter Druck. Susanne hat nie verstanden, warum sie so fühlt. Alles war mit negativer Energie besetzt.

Auch Susanne findet viele Parallelitäten, die sie schon erlebt hat, aber die meisten Erfahrungen, die sie auf dem Gebiet gemacht hat, brachte sie in Verbindung mit ihrer Mutter und ihrer Kindheit.

Jetzt erkennt sie endlich, was ihre eigene Persönlichkeit ist.

Der neue Weg hat begonnen und ist noch lange nicht zu Ende.

Sie gelangt zu mehr Verständnis für sich und sich selbst mit ihren Besonderheiten zu achten und zu wertschätzen.. Sie nimmt ihr eigenen Bedürfnisse ab sofort sehr wichtig.

Es wird immer spannender.

Susanne hat festgestellt, dass das Gesundheitssystem und somit das Gesundheitsdenken im Umbruch sind.

Die eigenverantwortliche Prävention nimmt zu.

Susanne hat sehr viele vertraute Wege verlassen und alternative Methoden gesucht und gefunden. Sie bekommt ein ganz einheitliches Bild von sich, mit allen Ecken und Kanten. Sie lebt jetzt sehr authentisch, neigt aber immer noch zur Überforderung.

Auch heute sitzt sie oft über Bücher, die dieses Thema behandeln. Es wird ihr vieles klarer.

Viele Fragen, die ihre Erkrankung mit sich bringen, kann sie sich jetzt aus dem Erlernten selber beantworten. Mit ihrem neuen Wissen hat sie ein gutes Gefühl, ein Stück weiter gekommen zu sein.

Die Grundkenntnisse des Zusammenspiels von Körper, Geist und Seele für eine stabile Gesundheit, sind für sie so spannend wie ein Krimi.

Sie bekommt ein neues gesundheitliches Fundament, auf dem sie bauen kann.

Eines Tages kommt ihr Mann mit einer Überraschung auf sie zu. Er überreicht ihr zum Geburtstag ein Kuvert. Es ist eine Buchung für eine Woche Aufenthalt auf einer Wellnessfarm.

Hier kann Susanne jetzt die Theorie des Wellnesstrainers, in der Praxis vertiefen und sich gleichzeitig rundherum erholen.

Hallo Wellnessfarm, ich komme!

Mit gepackten Koffern und etlicher Literatur reist Susanne an. Sie wird sehr nett empfangen.

Ein Gesicht, wunderschön geschminkt, umrahmt von schwarzen langen Locken, steht in der Tür begrüßt sie stürmisch: „Guten Tag Frau Bichler. Schön, Sie bei uns zu haben. Wir wünschen Ihnen einen erholsamen Aufenthalt in unserem Hause."

„Ja guten Tag auch, ich freue mich bei ihnen zu sein, denn ich brauche dringend Erholung vom turbulenten Alltag. Ich bin mal gespannt, was mich diese Woche hier erwartet, " erwidert Susanne.

Sie bezieht ihr Zimmer, das den Namen Capri hat, richtet sich häuslich ein, erfrischt sich und läuft anschließend ins Kaminzimmer. Hier findet die offizielle Begrüßung statt und alle Gäste erhalten erste Informationen zum Aufenthalt.

Auf dem Weg dorthin begegnet sie einer älteren Dame.

Sie begrüßt Susanne mit den Worten: "Guten Tag, ich bin die Almut. Wir duzen uns hier. Das ist einfacher für die Woche. Ich war schon mehrmals hier. Es wird wunderschön."

Susanne ist überrumpelt und stellt sich vor: „ Hallo, ich heiße Susanne Bichler. Ich freue mich auf diesen Wellnessurlaub. Wir sehen uns ja gleich noch, bei der offiziellen Begrüßung."

Susanne betrachtet ihr Gegenüber nun etwas genauer. Einfach gekleidet, ungeschminkt, mit dem Ausdruck im Gesicht, jetzt komme ich, ich tu hier etwas für mich, steht sie da. Susanne ist amüsiert und gespannt zugleich.

Almut erzählt kurz, dass sie mit einer Freundin und einer Bekannten die Woche verbringen wird, und auch noch auf eine Freundin wartet.

Überzeugt davon, dass Susanne mit so einer lustigen und unkomplizierten Gruppe auf jeden Fall zurechtkommen würde, lässt sie sie stehen.

Sie ruft noch: „Ja bis später dann."

Susanne mag es doch etwas diskreter am Anfang. Da sie allein angereist ist und sich gerne auf Neues einlässt, ist sie für alles offen.

Im Kaminzimmer angekommen serviert ihnen die Hausdame, die sie schon persönlich begrüßt hat, den ersten Longdrink.

Insgesamt sind 12 Damen hier, eine reine Frauenrunde.

Sie schaut in die Runde: „Ich bin Isolde und betreue sie in dieser Woche."

Nun stellen wir uns alle mit Namen vor.

Die Dame der ersten Begegnung, Almut, fällt natürlich auf.

Sie diskutiert überlaut mit ihrer Freundin Helene: „Wo bleibt denn nur Mathilde? Wir hatten doch alle gemeinsam gebucht."

Helene, die etwas peinlich dreinblickt, entgegnet: „Habt doch noch etwas Geduld. Mathilde kennt doch den Ablauf im Hause. Es ist nicht so tragisch, wenn sie den Anfang verpasst."

Die Hausdame Isolde wird hellhörig: „Ihre Freundin hat den Wellnessurlaub storniert."

Nun ist Almut ganz irritiert, konzentriert sich aber auf das Programm, das den Damen vorgestellt wird.

„Es gibt wieder einige Angebote in dieser Woche.

Einmal im kosmetischen Bereich und zum zweiten im Wellnessbereich.

Das Standartprogramm, wo ihre persönlichen Termine eingetragen sind, erhalten sie jetzt von mir schriftlich. Schauen sie ihr Programm in Ruhe an. Sie können morgen, wenn sie möchten, ihre besonderen Wünsche buchen und einplanen", informiert sie Isolde.

Nun werden sie alle von Almut, aufgeklärt.

Lautstark verkündet sie: „Ich bin hier um mich mal rund um die Uhr verwöhnen zu lassen. Ich werde einiges zusätzlich buchen. Ich kann es nur empfehlen, denn ich bin nicht das erste Mal hier.

Ich hoffe wir werden alle miteinander eine schöne Woche haben.

Was ich noch sagen muss, ich habe einige Allergien, worunter auch Zigarettenrauch fällt, und möchte die Raucher bitten, auf mich Rücksicht zu nehmen."

Ihre Freundin Helene weist sie zurecht: „Ach Almut, bleib mal entspannt. Wir wollen uns alle hier erholen."

Susanne sagt leise zu Annemarie, die sie gerade kennen gelernt hat: „Na, das kann ja ganz lustig werden. Hoffentlich hat Almut auch Humor im Gepäck."

Annemarie, eine überaus selbstbewusste Frau in Susannes Alter, meint nur:

„Wir werden Almut schon zeigen, wie eine harmonische Woche aussieht. Sie braucht erst gar nicht zu versuchen sich hervor zu heben. Siehst du, ihre Freundin Helene würde am liebsten nicht anwesend sein."

Annemarie und Susanne lachen herzhaft. Die Fronten sind geklärt.

Sie diskutieren über Kosmetikanwendungen, das sportliche Angebot, sowie Entspannungsangebote und Zusatzbehandlungen und -angebote, die am folgenden Tag gebucht werden können. In gemütlicher Runde beschließt Susanne sich zu einigen Zusatzbehandlungen. Sie berichtet später noch davon.

Es wird zu Tisch gebeten, zu einem Vier - Gänge - Menü. Die Tischdekoration begeistert alle Damen.

„Oh...., ah...., wie toll. Das ist ja wunderschön anzusehen und sieht sehr einladend aus," sind die begeisterten Ausrufe von allen Damen durcheinander.

Almut ist in ihrem Element. Sie sieht sich die Platzreservierung an und sagt: „Habt ihr etwas dagegen, wenn wir die Platzreservierung aufheben? Ich möchte neben Helene, meiner besten Freundin sitzen. Ihr könnt ja dann auf rutschen."

Schweigen tritt ein.

Susanne bemerkt: „Mir ist es egal, wo ich sitze. Der Tisch ist so wunderschön eingedeckt."

Annemarie setzt sich kommentarlos neben Susanne und alle anderen Damen nehmen mit Gemurmel ebenfalls Platz.

Das Essen verläuft sehr schweigsam.

Das Vier – Gänge – Menü beeindruckt alle.

Den Rest des Abends verbringen sie gemeinsam im Kaminzimmer, das mit gemütlichen Sitzecken ausgestattet ist. Hier gibt es die Gelegenheit sich näher kennen zu lernen. Eine Raucherecke ist auch vorhanden.

Alle Damen unterhalten sich gemeinsam. Es sind 12 Damen, die alle die gleichen Bedürfnisse haben, eine rundum erholsame Woche zu verbringen. Sie kommen sich langsam näher.

Der Höhepunkt des ersten Abends, haben sie dann auch Almut zu verdanken.

Mitten in der schönsten Unterhaltung springt Almut plötzlich auf: „Ich hole mal die mitgebrachten CD`s aus meinem Zimmer. Die müsst ihr euch unbedingt einmal anhören. Sie werden euch bestimmt gefallen und bringen Stimmung." Sie verschwindet eilig in ihrem Zimmer.

Unsere Unterhaltung ist beendet.

Obwohl Susanne die Damen kaum kennt, nimmt sie ihren ganzen Mut zusammen und sagt: „Helene, du hast ja eine sehr lebhafte Freundin. Ich bin mal gespannt, was wir so alles von ihr erfahren werden."

Helene entgegnet sehr zurückhaltend: „Lebhaft ist gar kein Ausdruck, aber sie ist liebenswert und sehr hilfsbereit. Macht euch auf einiges gefasst."

Annemarie meint nur: „Wir werden schon alle miteinander auskommen. Es ist ja schließlich unser wohlverdienter Wellnessurlaub."

Almut taucht mit den CD`s auf und gut gelaunt begibt sie sich zum CD-Player.

„Welche soll ich denn auflegen? Ich habe ja so etliches mitgebracht aus den Jahren 1930 -1936. Ich bin ein großer Fan von der Musik."

Alle schauen sich verdutzt an.

Damit hat keiner gerechnet.

„Leg einfach mal etwas auf", sagt Annemarie.

Musik erklingt und Almut ist davon überzeugt, dass wir genauso begeistert sein würden wie sie. Das Gegenteil ist der Fall. Die Blicke, die getauscht werden sagen alles. Schlagartig ist nun die schönste Unterhaltung endgültig zu Ende.

Nach einer Weile meint Susanne nun doch etwas genervt: „Musik hören und gleichzeitig eine Unterhaltung führen finde ich anstrengend. Können wir den musikalischen Abend nicht verschieben? Ich möchte mich weiter unterhalten, da wir uns gerade kennen gelernt haben."

Annemarie sieht Susanne dankbar an und alle anderen Damen nicken ebenfalls zustimmend.

Almut hat es geschafft. Sie war an dem ersten Abend der Mittelpunkt.

Pikiert bringt sie die Musik wieder zum Schweigen.

Helene, ihre Freundin, sagt daraufhin: „Almut, du kannst nicht erwarten, dass alle deine Musik schön finden. Wir wollen uns auch besser kennen lernen am ersten Abend. Es wird sich bestimmt noch eine andere Gelegenheit ergeben."

„Also gut, dann eben nicht!" Almut verlässt beleidigt mit ihren CD`s das Kaminzimmer.

Susanne macht so ihre stillen Beobachtungen.

Almut nimmt Formen an. Für Susanne ist sie eine unscheinbare Persönlichkeit, die versucht sich verbal in den Mittelpunkt zu stellen.

Jeder Gast hier ist ein Individuum und bringt seine eigene Lebensgeschichte mit.

Der erste Tag, des Wellnessurlaub beginnt.

Die Hausdame Isolde hat uns am Vorabend verraten, dass alle Damen persönlich, und auf Wunsch mit Kaffee oder Tee am Bett, geweckt werden.

So liege Susanne verträumt im Bett, als am Montagmorgen Tür aufgeht.

„Einen wunderschönen guten Morgen, Frau Bichler. Haben gut geschlafen?" dringt es an ihr Ohr.

Der Kaffeeduft, der mit der Stimme hereinkommt, lässt Susanne wach werden. Voller Neugierde betrachtet sie, die in weiß gekleidete Dame.

„Ich bin Jennifer, ihre Kosmetikerin, herzlich willkommen."

„Na, das nenne ich aber eine nette Überraschung. Ich bin übrigens Susanne Bichler. Kommen sie jetzt jeden Morgen mit frischem Kaffee zum Wecken?"

„Selbstverständlich, das sind die kleinen Überraschungen hier, die wir uns vorbehalten. Lassen Sie sich den Kaffee gut schmecken. Ich bin gleich wieder da. Wir beginnen heute mit einem Entschlackungstag und einer Grundreinigung der Haut. Ein Ganzkörperpeeling im Zimmer ist der Start."

Tatsächlich erscheint sie nach einer Weile wieder, mit Cremtöpfen und Handtüchern bewaffnet.

In Susannes Badezimmer geht es los.

Sie wird am ganzen Körper mit einer Peelingcreme abgerubbelt, daraufhin folgen eine warme Dusche und anschließend ein perfektes Eincremen mit einer pflegenden, gut riechenden Creme.

Es ist schon sehr ungewöhnlich so splitterfasernackt am ganzen Körper, eine so angenehme Behandlung anzunehmen und so läuft das Ganze schweigend ab.

Jeder, die Kosmetikerin Namens Jennifer, sowie Susanne, sind mit ihren Gedanken sehr beschäftigt.

Nach Absprache am Vorabend mit allen Gästen und dem Personal, tragen alle ab sofort Freizeitanzüge oder die hauseigenen Bademäntel, und das auch zu den Mahlzeiten.

Das Abendessen ist natürlich davon ausgeschlossen.

So läuft Susanne nach der ersten Behandlung, im Bademantel ins Esszimmer zu einem ausgiebigen Frühstück.

Sie genießt es sehr, da sie es liebt wie von Muttern verwöhnt zu werden.

Alle Damen haben sich froh gelaunt mit ihren Einheitsbademänteln in schlichtem Weiß versammelt, und ein munteres Gemurmel liegt in der Luft. Auch Almut lässt sich das Frühstück schmecken.

Isolde tritt an den Tisch: „Guten Morgen meine Damen, wie ich sehe sind sie alle munter und ich möchte ihnen jetzt die Kosmetikerinnen vorstellen."

Fünf nette junge Damen versammeln sich um Isolde. Sie treten also regelmäßig zum Kampf um die Schönheit und Fitness an, die sie ihren Gästen zukommen lassen wollen. Sie machen einen fröhlichen Eindruck. Jennifer ist unter ihnen und zwinkert Susanne lustig zu.

Der erste Tagesplan wird bekannt gegeben.

Jede Dame bekommt für die Woche ihre persönliche Kosmetikerin. Die einzelnen Termine und die Kabine, in der die Behandlung stattfindet, werden vorgelesen. Übereinstimmend mit unserem Standartprogramm geht es los. Nun konnten auch die Angebote im kosmetischen - und im Wellness - Bereich, je nach Bedarf, gebucht werden.

Für Susanne geht es mit einer kosmetischen Gesichtsbehandlung los, gefolgt von einer Teilmassage und einer Lymphdrainage.

Dazwischen gibt es natürlich Pausen, die sie zum plaudern, relaxen, schwimmen oder zu einem Saunabesuch usw. nutzen.

Susanne lernt Annemarie näher kennen.

Nett, nicht so aufdringlich, aber dennoch sehr bestimmend, quirlig, dominant und ja so selbstbewusst, steht sie mit beiden Beinen fest im Leben. An Annemarie erkennt Susanne viele Parallelitäten für sich.

Sie ist ihr von Anfang an sehr sympathisch. Ihr Humor, den sie so an den Tag legt, ist wundervoll für alle Damen.

Da Susanne ebenfalls ein sehr humorvoller Mensch ist, haben sie schon eins gemeinsam, Humor!

Annemarie und Susanne sitzen in gemütlichen Korbstühlen am Pool, versuchen den Alltag zu vergessen und kommen ins Gespräch.

„Wie bist du denn zu dieser Wellness - Farm gekommen?" fragt Susanne, Annemarie.

„Eine gute Bekannte hat sie mir sehr empfohlen. Ich suchte etwas, was mich ganzheitlich stabilisiert, denn ich war schwer krank. Ich hatte Krebs, bin operiert, habe Chemotherapie und Bestrahlungen bekommen und bei der letzten Untersuchung, haben die Ärzte keine Krebszellen und Metastasen mehr gefunden. Ich sage zwar ich hatte Krebs, aber die Diagnose steht auf sehr wackeligem Boden."

„Mir geht es ähnlich. Ich habe eine Erkrankung der Hypophyse, die steuert das Hormonsystems, kommt sehr selten vor und ist kompliziert in der Behandlung. Ich habe Monate gebraucht um mich zu erholen. Vor einem Jahr kam noch ein schwerer Autounfall hinzu, der mich völlig aus der Bahn warf. Mein Mann hat mir diesen Urlaub zur weiteren Genesung geschenkt. Nun steht Erholen an erster Stelle. Ich hoffe wir haben noch eine Menge Spaß, denn Lachen ist gesund," erwidert Susanne.

„Wie recht du hast, aber über unser Schicksal können wir ja am Abend im Kaminzimmer noch einmal reden, wenn es dir recht ist." sagt Annemarie.

Susanne nickt zustimmend.

Für sie heißt es gleichzeitig Achtung, denn sie hat ein einnehmendes Wesen und Susanne will ihre Ziele, die Erholung nicht aus den Augen verlieren. Ihr Selbstbewusstsein hat sehr gelitten.

Viele Wege, die sie Beide schon familiär gehen mussten, durch schwere Krankheiten und außergewöhnliche Schicksalsschläge, verbinden sie im Laufe der Woche immer mehr.

Die Themen, bei denen sie stundenlang zusammensitzen, basieren aus Erfahrungen, die sie im Alltag mit ihren außergewöhnlichen Situationen gemacht hatten.

Es tut sehr gut einmal in so einer entspannten Atmosphäre darüber zu reden.

Der Gong zum Mittagessen ist zu hören. Aus allen Wellness - Bereichen strömen die Damen in weißen Bademänteln dem Esszimmer entgegen.

Alle sind in bester Laune.

Der Wellnessurlaub hat begonnen.

Ein sehr geschmackvolles, neu dekoriertes Esszimmer erwartet sie alle.

Hier haben alle Sinne Erholung.

Annemaries Humor kennt keine Grenzen.

Sie versteht es der Bewunderung Ausdruck zu verleihen, was sie in der Woche bei hält.

Mal sind es erstaunte und sehr ehrliche Ausrufe und Bewunderungen, die, die Dekoration und das Essen betreffen, und ein anderes Mal erzählt sie mit sehr viel Humor, was ihr in den Behandlungen widerfahren ist.

Der Haus Tee, der zur Entschlackung dient, bereitet ihnen allen Stress. So berichtet auch Annemarie von dem Drang die Toilette aufzusuchen, obwohl sie in tiefer Entspannung, die Kosmetikbehandlung genießen soll.

Alle können natürlich eine Menge dazu beitragen und die Lachmuskeln werden fleißig trainiert.

Lange, ausgiebige Beratungsgespräche finden daraufhin täglich mittags im Esszimmer statt. Hier geht es um Anwendungen aus dem Wellnessprogramm.

Die Hausdame Isolde erscheint und teilt ihnen die Termine für den Nachmittag mit.

Almut ist die Einzige, die an ihren Terminen immer etwas auszusetzen hat.

Alle anderen Damen amüsieren sich über Almut und sehen sie als abwechslungsreiche Unterhaltung in der Woche.

Weiterhin erzählt Isolde: „Meine Damen, ich möchte ihnen einen zusätzlichen Programmpunkt vorstellen, den sie bei Bedarf buchen können.

Wir empfehlen ihnen einen Physiotherapeuten Herr Müller, der eine Sensation auf seinem Gebiet ist und für gesundheitliche Probleme, vor allem an der Wirbelsäule, schnell die Ursache findet und sofort beseitigt.

Er praktiziert die Wirbelsäulen - Mobilisation nach Dorn und kommt auf Wunsch in unser Haus zur Behandlung."

Beate, die Susanne sehr zurückhaltend kennen gelernt hat, ist total begeistert, denn sie hat sich schon vor zwei Jahren von ihm behandeln lassen und bucht ohne lange zu überlegen eine Behandlung.

Weiterhin werden sie darüber informiert, dass die Behandlung im Durchschnitt eine Stunde dauert, was nun viele Fragen aufwirft.

Eine reine Frauenrunde und jetzt kommt ein Mann ins Spiel!

Beate, die ‚die Ironie spürt, erklärt mit einem sehr lustigen Unterton, teils makaber, teils sehr realistisch: „Die Vorgehensweise des Physiotherapeuten ist fantastisch. Ihr werdet vom kleinen Zeh bis zu den Haarwurzeln untersucht. Blockaden und Fehlstellungen der Wirbel erkennt er sofort, und wird sie direkt beseitigen. Hierbei ist eure Mitarbeit gefragt.

Er hat Fingerspitzengefühl für alle Probleme."

Die Phantasien der Damen kennen jetzt keine Grenzen mehr. Ein Mann in dieser Damenwelt auf einer Beautyfarm, und dann noch mit ihm alleine, da ist ja wohl allerhand zu erwarten.

Die Anwendung wird gebucht. Annemarie und Susanne sind darunter.

Eine Behandlung der Wirbelsäule nach Susannes Unfall, in so einem zeitlichen Abstand, kommt ihr gerade recht.

Zu ihrer Ausbildung, als Gesundheitstrainerin, ein perfektes Praktikum.

Der Physiotherapeut wird also für den nächsten Tag bestellt und die Behandlungen finden nach dem Tagesprogramm, in den frühen Abendstunden statt.

Der erste Nachmittag dient ausschließlich dazu, den Körper zu entgiften, zu entschlacken und zur Ruhe zu kommen.

Bei Susanne steht nun die Lymphdrainage auf dem Programm.

Sie wird in die Kosmetikkabine gerufen und Jennifer steht zur Massage bereit.

Mit leichtem Druck werden die Lymphbahnen massiert und die überschüssige Gewebsflüssigkeit und die Giftstoffe aus dem Körper abtransportiert.

Jennifer und Susanne haben eine Menge zu erzählen.

„Frau Bichler, wie gefällt es ihnen denn so bei uns?" wird Susanne gefragt.

„Ich bin sehr zufrieden. Ich glaube nach dieser Woche werde ich erholt und mit vielen neuen Ideen nach Hause fahren. Hier hat ja jede Dame ein schweres Schicksal im Gepäck, soweit wie ich es bis jetzt feststellen kann."

„Ja, wir sind eine Farm, die sich zum Ziel gesetzt hat, die Gesundheit in den Mittelpunkt zu stellen. Wir stellen hier einige, alternativen Behandlungen zur Schulmedizin vor.

Ich kenne ja ihr gesundheitliches Problem aus den Unterlagen und dann noch der Autounfall, den sie letztes Jahr hatten. Sie sind hier bestens aufgehoben.

Wissen Sie eigentlich was Wellness heißt?"

„Nein, in erster Linie suche ich hier Erholung."

Susanne verrät nichts von ihrem Wellnessstudium, da sich ihr Wissen noch festigen muss und sie noch viele praktische Erfahrungen sammeln möchte.

„Wellness heißt, bewusstes engagieren für persönliche Excellence. Ich erkläre es ihnen.

Also Wellness ist Lebensstil, Grundeinstellung und Lebensphilosophie in einem. Es basiert auf ihrem Verantwortungsgefühl für Gesundheit in besonderen Situationen, was bei ihnen ja der Fall ist."

Susanne ist sprachlos.

Hat ihr Mann doch unbewusst oder vielleicht bewusst, die richtige Farm ausgewählt und sie das richtige Studium.

„Wir versuchen hier Körper, Geist und Seele zu verwöhnen. Fragen sie nur, wenn sie etwas besonders ausführlich wissen wollen.

Wir haben einige Experten in unserem Team.

So zum Beispiel Herr Dokan. Er stellt sich heute Abend vor. Er praktiziert Shiatsu, eine Tiefenentspannungsmassage. Sie kommt aus der fernöstlichen Medizin. Ich denke, das ist etwas für sie. Ich will aber nicht vorgreifen. Herr Dokan wird es ausführlich erklären," berichtet Jennifer, „und morgen Abend haben sie ja einen Termin bei unserem Physiotherapeuten H. Müller gebucht. Diese Behandlung kann ich ihnen nur empfehlen. Er kümmert sich um ausgerenkte Wirbel, vor allem nach Unfällen oder Sportverletzungen."

Nun hat sie Susanne zum Nachdenken gebracht.

„Mal sehen", sage sie kurz, denn das ist genau ihr Problem. Susanne will mal zur absoluten Ruhe gelangen. Seit ihrer Erkrankung und dem Autounfall findet sie wenig Ruhe.

Jennifer erzählt noch ein paar Geschichten zum Schmunzeln.

besondere Ereignisse, die, die Gäste oder die Farm betreffen..

Jeder Gast ist ein Individuum, das ist Susanne klar, und bringt seine eigene Lebensgeschichte mit. Susanne spürt immer mehr Entspannung, fühlt sich gut aufgehoben, und genießt den ersten Tag in vollen Zügen.

Den ersten Abend und alle weiteren, sind die Gäste zu einem Glas Wein im Kaminzimmer eingeladen.

Der erste Wellnesstag, der Montag ist vorüber und alle sind anwesend.

Im Laufe des ersten Tages haben wir uns untereinander schon näher kennen gelernt und am Abend kommen alle schnell ins Gespräch. Sie erzählen ihre Eindrücke vom vergangenen Tag.

Susanne liebt es, abends in fröhlicher Runde unter Frauen zu sein. Die Gespräche, die hier in entspannter Runde bei einem Glas Wein, abseits vom Alltag geführt werden, sind spannend, interessant, informativ und gehen teilweise sehr unter die Haut.

So geht es ihr mit Annemarie und ihrer Kranken – und Familiengeschichte, da Susanne ähnliches erlebt hat. Annemarie hatte Brustkrebs. Sie hat das ganze Programm durchlaufen, das mit der fürchterlichen Diagnose beginnt, daraufhin folgt eine Brust-Operation, anschließend Chemotherapie, Haarausfall, Reha- Maßnahmen, usw. Vieles, vieles Unangenehme hat sie in Kauf genommen. In der schweren Zeit stirbt ihr Vater und ihr Mann erkrankt an Krebs und verstarb kurz darauf. Was für ein hartes Schicksal!

„Ich bewundere dich, Annemarie. Du hast den Kampf gegen den Krebs aufgenommen, einen Weg gefunden, der das Leben lebenswert macht. Es ist interessant auf diese Weise von der Krankheit zu erfahren. Alle Achtung und große Anerkennung kann ich dir nur entgegenbringen," antwortet Susanne teilnahmsvoll.

So manch harte Schicksalsschläge werden hier nun Abend für Abend ausgetauscht.

„Ich habe ein Hyphysenadenom, einen gutartigen Tumor an der Hirnanhangdrüse, was zur Folge hat, dass der ganze Hormonhaushalt durcheinander gerät. Eine Operation habe ich auf eigene Verantwortung abgelehnt.

Unsere Kinder waren im Kindergartenalter. Mein Mann verlor seine Arbeitsstelle. Zur gleichen Zeit erkrankte meine Mutter an Krebs. Sie verstarb im Alter von 63 Jahren. Sie hatte keinen Lebenswillen mehr und verweigerte die Behandlungen.

Ihre Pflege habe ich, obwohl ich schwer krank war, übernommen," erzählt nun Susanne.

Hier lassen sich einige Parallelen erkennen, die Annemarie und Susanne behutsam austauschen.

„Kurz darauf habe ich einen schweren Autounfall. Ich musste über längere Zeit in der Klinik bleiben.

Mein Mann und ich, ich saß am Steuer, wurden auf der linken Fahrspur der Autobahn, von einem Raser erwischt, überschlugen uns mehrmals und blieben auf dem Dach meines Wagens liegen. Ich war schwer verletzt und kam mit dem Rettungshubschrauber in die Klinik. Mein Mann war leicht verletzt. " erzählt Susanne weiter. Annemarie sieht Susanne entsetzt an. Susanne spürt, dass es ihr immer noch nahe geht und sie ist froh, das zu diesem Zeitpunkt Jennifer in Begleitung eines Herrn auftaucht.

Jennifer nickt Susanne aufmunternd zu und begrüßt uns: „Guten Abend, meine Damen, ich hoffe sie hatten einen schönen Tag. Ich möchte ihnen Herrn Dokan aus unserem Team vorstellen. Er führt Shiatsu, eine Tiefenentspannungsmassage durch und wird ihnen jetzt erklären, worum es geht und was es bewirkt."

Jennifer lässt uns mit Herrn Dokan allein.

„Guten Abend, ich bin Herr Dokan und möchte ihnen jetzt Shiatsu vorstellen," beginnt er mit einer sympathischen, ruhigen Stimme zu erzählen. Er hat einen weißen Yogaanzug an, wirkt authentisch und das bringt er auch beeindruckend rüber.

„Eine Sitzung dauert 90 Minuten," sagt er.

„Sie werden auf einer bequemen Matte, die auf dem Boden liegt, behandelt. Sie tragen bequeme Kleidung und ich dehne und massiere sie mit dem Handballen, Daumen, Ellenbogen oder auch mit dem Knie. Der Energiefluss in den Meridianen wird angeregt und ausgeglichen. Das Nervensystem entspannt sich und Regeneration geschieht. Verspannungen und Verkrampfungen lösen sich. Haben sie noch Fragen?

Wer ist denn Frau Bichler von ihnen?"

„Ich", hört sich Susanne sagen, denn nach dem Gespräch, dass ich mit Jennifer am Nachmittag geführt hat, will sie auf jeden Fall eine Shiatsu - Sitzung buchen. Sympathisch ist ihr Herr Dokan von Anfang an.

Nun sehen alle gespannt Susanne an, auch Annemarie, und warten auf eine Erklärung.

„Ich habe heute Nachmittag schon mit Jennifer darüber gesprochen und möchte auf jeden Fall eine Sitzung buchen. Zur inneren Ruhe zu kommen und meine Anspannungen zu reduzieren, wäre mein größter Wunsch," erklärt sie nun.

Herr Dokan sieht Susanne an und meint: "Wir können sofort beginnen, wenn es ihnen recht ist.

Sie können nach der ersten Sitzung den Damen ihre Eindrücke schildern. So wissen sie, was auf sie zukommt. Wer ist denn noch an einer Sitzung interessiert?"

Einige nicken, andere tauschen fragende Blicke aus, aber alle haben nichts dagegen, dass Susanne beginnt und hinterher weitere Erklärungen preisgibt.

Susanne macht sich mit Herrn Dokan auf den Weg zum Gymnastikraum. Hier finden die Behandlungen statt.

Der Gymnastikraum ist nicht wiederzuerkennen.

Mitten im Raum liegt eine dick, gepolsterte, große Matte. Eine Vielzahl von brennenden Teelichtern steht entlang der Spiegelwand, die den Kerzenschein wiedergibt, so dass ein großes Lichtermeer zu sehen ist. Leise Meditationsmusik klingt durch den Raum. Susanne ist überwältigt, von so viel Schönheit, Ruhe , der ganzen Atmosphäre, in die sie jetzt eintauchen darf.

Hier ist ein vollkommener neuer Raum entstanden, ein Raum, der alles um einen herum vergessen lässt..

„Bei der chinesischen Heilkunst wird der Mensch im Ganzen, Körper, Geist und Seele behandelt", erklärt ihr Herr Dokan als er ihre Blicke sieht.

Susanne legt sich also in bequemer Kleidung auf die Matte auf den Bauch. Sie ist gespannt was passiert und von Entspannung kann keine Rede sein.

Herr Dokan beginnt nun mit der Behandlung.

Er erklärt ihr jeden Handgriff und so nach und nach entspannt sich Susanne etwas. Sie spürt ihre Beschwerden, die sie durch den Autounfall immer noch hat. Auch ihre Gedanken, sowie ihre Gefühle kommen nicht zur Ruhe.

Hier ist konsequentes Üben angesagt, das weiß sie sofort, denn sie fühlt sich seit Jahren endlich etwas entspannter.

Nach der Behandlung werden meine Eindrücke von Herrn Dokan bestätigt.

Susanne will die Zeit hier nutzen und bucht weitere Behandlungen. Sie möchte bei der nächsten Sitzung mehr entspannen, mehr loslassen und in einen wohltuenden Genuss kommen. Jetzt kennt sie die Behandlung und Herrn Dokan und hofft, dass sie bei der nächsten Sitzung entspannter herangehen kann. Herr Dokan versichert ihr, dass sie nach mehreren Sitzungen ihre innere Ruhe wiederfindet.

Wieder im Kaminzimmer angekommen, empfingen Susanne neugierige Blicke. Sie erzählt kurz ihre Eindrücke, und Annemarie bucht kurz entschlossen den nächsten Termin an diesem Abend.

Für Susanne ist der Abend zu Ende, denn so entspannt war sie schon lange nicht mehr, und sichtlich müde geworden geht sie zu Bett und schläft tief und fest bis zum nächsten Morgen.

Liebevoll wie zuvor, wird Susanne am Dienstagmorgen mit einer Tasse Kaffee geweckt.

„Guten Morgen Frau Bichler, hier kommt ihr Kaffee. Ich wünsche ihnen einen wunderschönen Tag, bis später!" und schon schwebt Jennifer wieder aus dem Zimmer.

Susanne überlegt, ob sie vor dem Frühstück Sport treiben soll, denn die Möglichkeit hatte man ihnen offen gelassen, oder ob sie noch eine halbe Stunde im Bett genießen soll.

Dem schlechten Gewissen, ihrer Gesundheit und der Figur gegenüber, entschließt sie sich für den Sport. Relaxen kann man ja den ganzen Tag.

Also springt sie aus dem Bett und rein in ihre Sportkleidung, und ab geht es in den Fitnessraum, eine Runde Radfahren. Nach einer halben Stunde, die sie mit flottem Fahren verbringt, freue sie sich nun aufs Frühstück.

Alle Damen sind wieder vertreten. Die neusten Ereignisse werden ausgetauscht und die weiteren Behandlungen werden beratend diskutiert, denn jede der Damen hat kosmetische Ergebnisse zur Zufriedenheit oder auch zu Bedenken mitzuteilen. Buchungen werden daraufhin geändert oder zusätzliche Buchungen kommen hinzu.

Die Angestellten des Hauses bemühen sich, sie anschließend in die Tat umzusetzen.

Nach dem ausgiebigen Frühstück schlendern alle durch den Garten in den Wellness - Bereich, entweder zur Anwendung oder zur Sauna, zum Schwimmen oder zum Training an den Fitnessgeräten.

In diesem wunderschönen Garten, der zum Verweilen einlädt, gibt es einen Gartenteich.

Hier quartieren sich jeden Sommer einige Frösche ein.

Der Teich liegt etwas abseits in der großen Gartenanlage, umgeben von Wasserpflanzen, viel Wiese und einer Bank.

Von allen Gästen, die sich in diesem Hause aufhalten, bekommen die Frösche rege Aufmerksamkeit geschenkt.

Sie geben manch schönes Konzert.

Sie überwintern dort und in den darauffolgenden Jahren treten sie vermehrt zum Froschkonzert an.

Alle Damen, die gerade im Wonnemonat Mai dort verweilen, wissen aber noch nicht, dass heute etwas Aufregendes in der Sache Wasserfrösche passieren wird.

Gegenüberliegend dem Gartenteich, am anderen Ende des Gartens, befindet sich das Schwimmbad.

Wenn das Wetter es zulässt, werden die großen Schiebetüren aufgezogen und die Gäste können im halbgeöffneten Schwimmbad schwimmen.

So auch an diesem Morgen.

Einige Damen wollen ins Schwimmbad, aber das Bad ist schon besetzt.

Ausgerechnet Almut entdeckt im Schwimmbad einen kleinen grünen Frosch, der munter seine Runden schwimmt.

Sie will gerade in den Pool steigen, als sie entsetzt aufschreit: "Igitt, hilfe ein Untier ist hier im Becken, das ist ja unerhört."

Sie schüttelt sich, schlüpft in ihren Bademantel und verlässt schimpfend das Schwimmbad. Alle werden aufmerksam und laufen an das Schwimmbecken.

Entsetzte und amüsierte Ausrufe sind zu hören:" Wie kommt der denn unbemerkt hier rein?"

„Der ist doch süß!"

„Unser Froschkönig!"

„So etwas Unerhörtes!"

„Na, so süß finde ich ihn gar nicht!" aber das stört den Frosch nicht.

Langsam versammeln sich nun alle am Beckenrand. Auch das ganze Personal lässt sich diese Show nicht entgehen.

Der kleine, grüne Frosch schwimmt munter weiter. Er genießt es richtig. So klares kühles Wasser und so viel Platz hat er noch nie gehabt. Er streckt bei jedem Zug seine Froschschenkel weit nach hinten aus und absolviert Meter für Meter seine Strecke.

Alle, die Damen und das Personal, können es gut beobachten, da das Wasser glasklar ist.

Jede der Gäste reagiert anders und tausend Meinungen werden laut.

Die meisten Damen haben ihre wahre Freude an dem kleinen grünen Frosch.

Es werden Wetten abgeschlossen:" Was meint ihr, wie viele Runden wird der Frosch noch schwimmen?" fragt die ruhige Beate in die Runde.

Es werden die ersten Wetten abgeschlossen. Auch wird laut darüber diskutiert, wie der Frosch wieder in sein Reich zurückkehren soll.

Von der Vorstellung, dass man Froschschenkel auch zum Verzehr anbot, will im Moment niemand etwas wissen.

Alle sind um das Wohlergehen des Frosches besorgt.

Da hat sich doch der kleine grüne Frosch auf den weiten Weg, von seinem Gartenteich in das Schwimmbad gemacht, und nun muss er wieder in sein ehemaliges Reich zurück.

Jetzt kommt die große Frage.

Isolde kommt in Bewegung: „Wir müssen etwas tun. Wir bringen ihn wieder in seinen Teich zurück, aber wie werden wir es anstellen? Wer von ihnen hat so viel Mut, den Frosch einzufangen?

Einen Kescher haben wir im Gartenhaus."

Erst sind sich alle einig, ein Mann muss her.

Nach längerer Diskussion beschließen sie die Sache selbst in die Hand zu nehmen.

Die Kosmetikerin, Namens Brunhilde, nimmt sich der Sache an.

Sie organisiert in kurzer Zeit den Kescher und bemüht sich redlich den Frosch einzufangen.

„Sieh nur wie er sich beeilt dem Kescher zu entkommen!"

„Guck mal wie tief er tauchen kann!"

„Habt ihr die flinken Froschschenkel gesehen!"

„Jetzt wird er langsamer. Wer weiß wie lange er schon hier herumschwimmt!"

Der kleine grüne Frosch sichtlich müde geworden, lässt sich endlich bereitwillig einfangen.

Nun laufen sie alle, Brunhilde mit dem Frosch im Kescher voran, zum Gartenteich. Hier wird der Frosch aus dem Kescher befreit. Er ist froh, wieder in seinen Gartenteich bei seinen Gleichgesinnten und der schönen Natur zu sein.

Wellness gut und schön, aber in der Natur ist es immer noch am schönsten, denkt er und lässt sich erschöpft auf einem Seerosenblatt sinken.

Almut beschwert sich bei der Hausdame Isolde und bekommt als Entschädigung eine Behandlung ihrer Wahl kostenfrei. Sie ist mal wieder das Gesprächsthema des Tages.

Nach diesem aufregenden Ereignis vergeht der Tag fröhlich und mit viel Lachen zu Ende. Die Geschichten, die aus dem Vorfall entstehen, werden mit viel Fantasie den ganzen Tag erzählt.

Als sie alle beim Abendessen sitzen, wird ihnen von Isolde Herr Müller, der Physiotherapeut, vorgestellt.

„Guten Abend die Damen, wir werden heute mit den von ihnen gebuchten Behandlungen beginnen.

Ich praktiziere die Rückenbehandlung nach der Dorn-Methode. Fehlstellungen einzelner Wirbel werden erkannt, und von mir sanft wieder in die richtige Stellung gebracht. Die Behandlung dauert eine Stunde.

Die Dame, die bei mir den ersten Termin gebucht hat, kann nach dem Abendessen sofort in den Wellnessbereich, in die Massagekabine kommen. Ich wünsche ihnen noch einen guten Appetit. Wir sehen uns ja noch!"

Nach diesen Worten verschwindet er nach nebenan.

Alle sind sich einig. „ Der ist aber nett!"

Beate, die ihn ja kennt, eilt kurz nach dem Essen hinüber. Susanne ist gespannt, was sie am nächsten Tag in der Behandlung erwartet.

Heute hat sie die zweite Shiatsu – Behandlung, verabschiedet sich mit einem :"Bis gleich!"

Sie eilt ebenfalls in den Wellnessbereich. Der Raum ist wieder mit Kerzenlicht erhellt und die Atmosphäre lädt zum Entspannen und genießen ein. Susanne freut sich auf die kommende Stunde und will bei der Behandlung entspannen und den Alltag vergessen. Sie begrüßt Herr Dokan und begibt sich in die Obhut seiner Hände.

Diese Shiatsu - Behandlung bringt das erste Mal nach langer, langer Zeit, einen Teil der inneren Ruhe, für Susanne zurück. Sie genießt und entspannt.

Die restlichen Damen haben sich zu einem Glas Wein im Kaminzimmer versammelt, wie jeden Abend.

An diesem Abend haben sie ein gemeinsames Thema aufgegriffen.

Sie führen ein Gespräch über die hohe Arbeitslosigkeit in unserem Land und die daraus folgenden skrupellosen Verbrechen.

Susanne kommt aus der Behandlung, setzt sich entspannt dazu und kommt mit Annemarie über das Thema ins Gespräch.

In der Nacht können sie alle nicht einschlafen.

Auch Susanne liegt lange wach, denkt über die Erzählungen des Abends nach und an die erfolgreiche Shiatsu - Behandlung. Sie beschließt nach den nächsten Behandlungen direkt ins Zimmer zu gehen, da nun die schönen Empfindungen, durch die angeregten Gespräche des Abends in den Hintergrund getreten sind.

Am nächsten Morgen, am Mittwoch, kommen alle unausgeschlafen an den Frühstückstisch. Sie sind in sich gekehrt und bemühen sich wach zu werden.

Plötzlich beginnt Uschi, die sie bisher nur wahrgenommen haben, weil sie ganz zurückgezogen ihren Urlaub verbringt, aus heiterem Himmel zu erzählen.

„Ich kam gestern Abend nicht zur Ruhe. Unser Thema hat mich sehr beschäftigt. Ich habe lange im Bett wach gelegen und auf alle Geräusche geachtet. Meine Phantasie wurde immer bunter und bei dem Gedanken, dass ein Eindringling in mein Zimmer stürmen könnte, lief mir ein kalter Schauer über den Rücken.

Ich sprang aus dem Bett und schob meinen Stuhl unter die Türklinke. Danach schlief ich endlich ein."

Ein erleichtertes Lachen kam von allen am Tisch sitzenden Damen. Jede hatte das gleiche oder ein ähnliches Erlebnis am Vorabend gehabt und sich eingeschlossen. Nun ist das Eis zu Uschi gebrochen.

„Uns ging es nicht viel anders. Jede von uns hat in dieser Nacht ihr Zimmer verschlossen," erwidert Susanne.

Jetzt kommt Uschi die Erkenntnis, dass es einfacher gewesen wäre die Türe von innen zu verschließen. Der Zimmerschlüssel hängt immer neben der Tür.

Hierzu muss man erwähnen, das vom Haus aus gebeten wird, die Zimmer geöffnet zu lassen, damit der Zimmerservice reibungslos ablaufen kann.

Morgens ein Tee ans Bett, abends ein Betthupferl in Form von Quarkspeise oder Obst, tagsüber die Reinigung. Die bestellte Ware steht ebenfalls im Zimmer.

Heute ist die nächste Überraschung fällig.

Isolde tritt munter wie immer an den Frühstücktisch und verkündet:" Guten Morgen meine Damen! Ich hoffe doch sehr, dass es ihnen bis jetzt gut gefallen hat. Ich möchte ihnen für den heutigen Tag etwas ganz besonderes ankündigen. Wir füllen jetzt für sie den Whirlpool mit besonderen Zusätzen und servieren ihnen ein Glas Sekt dazu, denn heute ist Bergfest. Die Hälfte der Woche ist schon vorbei."

Annemarie kess wie immer antwortet: „Na wunderbar, haben sie denn auch etwas für die Unterhaltung getan, einen männlichen Bademeister vielleicht?"

„Wir sind doch in dieser Woche männerfeindlich, wie sie wissen und das wird sich auch nicht ändern, bis auf Herrn

Müller, den Physiotherapeuten und Herrn Dokan, der Shiatsu praktiziert."

Großes Gelächter bricht aus.

So nach und nach begeben sie sich nach einem ausgiebigen Frühstück in den Wellnessbereich. Als Susanne dort ankommt, hört sie herzhaftes Lachen am Whirlpool.

Es macht sie neugierig.

Susanne schaut in die Räumlichkeiten, die sie zum Baden, saunieren, massieren und etlichen Anwendungen nutzen und traut ihren Augen nicht.

Der Whirlpool, der in der Mitte steht, ist nicht mehr zu sehen.

Schaumberge türmen sich in den Räumlichkeiten.

„Ja hallo, ihr habt ja eine Menge Spaß!

Juchhe, eine Schaumschlacht ist im Gange!

Ich bin dabei!" ruft Susanne.

Ehe sie sich versieht wird sie mit Schaum beworfen. Sie zieht noch schnell den Bademantel aus und wirft mit den Anderen um die Wette, den schönen Badeschaum durch die Luft. Er wirbelt herum und sie fühlen sich wie ausgelassene Kinder.

Susanne erkennt Annemarie: " Hier können wir jetzt den Alltag vergessen." ruft Susanne.

Helene war auch dabei, sie erwidert:" Endlich, endlich mal ganz ausgelassen sein. Wer von euch hat das in der letzten Zeit mal so erlebt." Es gesellten sich noch Uschi, Almut und Verena hinzu, und sie sind kaum zu bremsen.

Doch schließlich lässt die Freude nach, denn Hausdame Isolde stößt einen spitzen Schrei aus.

Sie unterbrechen die Schlacht.

Isolde fragt verwundert:" Wer hat denn so viel Schaum in den Whirlpool gefüllt. Sieht schon seltsam aus. So etwas habe ich hier noch nicht erlebt."

Sie muss nun doch lachen, als sie alle so ansieht.

Die Damen sind sich keiner Schuld bewusst.

Später berichtet Annemarie, Susanne: „Ich war mit Helene im Pool, uns war der Schaum zu wenig und wir haben aus der Flasche ordentlich nachgefüllt. Es machte immer mehr Spaß und du weißt ja wie es endet. Es war, Gott sei Dank, auch keine Kosmetikerin in der Nähe."

Sie verbringen den Tag überwiegend im Garten, da heute die Sonne scheint. Die Schiebetüren zum Pool sind aufgeschoben, die Liegen stehen auf der Wiese, Decken liegen bereit.

Hier treffen sich heute alle Damen. Zur Anwendung werden sie von den Kosmetikerinnen persönlich abgeholt. Jede Kosmetikerin hat ein Spezialgebiet, eine Zusatzausbildung, die den Damen zu gute kommt.

Sie sprechen gerade über dies und das, und plötzlich kommt Beate ganz aufgeregt angelaufen und erzählt:

„Hört mal her, wusstet ihr das die Kosmetikerin Monika eine Ausbildung gemacht hat, mit dem Abschluss ein Permanent-Make-up aufzutragen."

Einige sind sofort interessiert, andere können sich darunter gar nichts vorstellen.

„Erkläre uns bitte mal genau, um was es sich geht und wie es angewandt wird," ruft Almut in die Runde.

Bereitwillig setzt sich Beate auf eine Liege und berichtet:

„Permanent-Make-up ist ein Make-up, das ein Jahr und länger hält. Es muss ab und an nur aufgefrischt werden und ihr braucht euch nicht mehr zu schminken. Ihr geht sogar geschminkt zu Bett. Eure Männer werden ihre Freude haben."

„Ich schminke mich nicht so viel im Alltag und beruflich brauche ich es auch nicht. Ich bleibe lieber natürlich und trage nur dick auf, wenn ich abends ausgehe, " erklärt Susanne skeptisch.

Annemarie, die in der Modebranche tätig ist, sagt entschlossen: „Ich kann mir nichts Schöneres vorstellen, als ständig geschminkt zu sein. Ich könnte morgens länger schlafen und käme trotzdem schön geschminkt ins Geschäft. Das lästige Abschminken am Abend wäre dann auch eine Zeitlang erledigt. Diese Vorstellung, einfach wunderbar. Beate, sag mal wie wird es genau gemacht und wie hoch sind die Kosten?"

„Ich muss auch immer besonders hübsch aussehen, da ich im Hotel an der Rezeption arbeite", sagt Beate. „Ich denke ich werde mir einen Lidstrich auf Ober- und Unterlid auftragen lassen. Die Farbe wird mit einer sehr feinen Nadel eingestochen. Es hört sich schmerzhaft und kompliziert an. Es ist dasselbe Prinzip, das beim Tätowieren angewendet wird. Ich habe mich entschieden es machen zu lassen. Die Preise könnt ihr aus einem Katalog erfahren."

Almut schüttelt sich: „Wie kannst du nur so verrückt sein. Kennt ihr den Spruch `Wer schön sein will, muss leiden! `, das trifft genau zu. Ich würde das nie bei mir machen lassen."

Nun schaltet sich wieder Annemarie ein: „Ich bin auch daran interessiert. Ich kann es beruflich nutzen, so wie du Beate. Auch privat hat man einige Vorteile davon. Wenn das so schmerzhaft wäre, hätte keine Frau Permanent-Make-up. Es kommt auch immer darauf an, wie empfindlich man am Auge oder an den Lippen oder sonst wo ist. Komm wir gehen mal zusammen zur Monika und bitten um ein ausführliches Gespräch."

Beate und Annemarie verlassen die Runde. Sie verschwinden im Gebäude und im Garten bricht jetzt eine heftige Diskussion aus.

Permanent-Make-Up, ja oder nein!?

Überzeugt kehren Beate und Annemarie zurück.

Das Permanent-Make-Up ist für den nächsten Tag gebucht. Beide haben sich für einen Lidstrich auf Ober- und Unterlid und eine Lippenkontur entschieden.

Bei starken Schmerzen oder großer Nervosität, kann ein schmerzstillendes Beruhigungsmittel eingenommen werden.

Sie finden es alle schon sehr gewagt und sind gespannt was der morgige Tag, der Donnerstag, so mit sich bringt.

Von Tag zu Tag entspannt sich Susanne mehr und mehr, und der Hausbademantel wird zu ihrem Lieblingskleidungsstück.

Die Hausbademäntel, die sie täglich zu den Behandlungen tragen, werden langsam Bademäntel mit Geschichten.

Viele Spuren kann man auf dem schönen Weiß sehen. Sie entdecken am Mittagstisch immer wieder neue Spuren, Kosmetikcreme, Haarfarbe, Flecken, die auf ein ausgiebiges Essen hindeuten, Kaffe usw. Jeder Fleck verbirgt eine Geschichte. Sie alle sind damit behaftet, was sie sehr verbindet. Hieran erkennen sie, dass die Woche sich dem Ende zuneigt.

Das Küchenpersonal, die guten Feen im Haus, sorgen vorzüglich fürs leibliche Wohl. Jeden Morgen sieht Susanne die Köchin mit einem Korb frischem Gemüse ins Haus eilen, um dann in der Küche ans Werk zu gehen.

Es gibt 4 Mahlzeiten am Tag.

Ein ausgiebiges Frühstücksbüfett, mittags und abends wird warm gekocht und nachmittags gibt es eine Zwischenmahlzeit, in Form von Quarkspeisen, Jogurt oder Obst.

Bei allen Speisen isst das Auge mit. Es wird kalorienarm gekocht. Die Damen können auch ein kalorienreduziertes Essen bestellen, z. B. 1000 kcal für den Tag.

Zum Mittagessen treffen sich alle Angestellten in der Küche zum gemeinsamen Essen. Es wird viel gelacht, was bis an den Esstisch der Gäste dringt und gute Laune verbreitet. Das Personal erzählt sich wohl manch lustige Geschichte über die Gäste, und die Gäste, die Damen, wiederum vom Personal.

Der Donnerstag kommt und wieder wird Susanne mit einer Tasse Kaffee geweckt. Sie eilt zum Frühsport und anschließend zum Frühstück.

Hier herrscht munteres Treiben.

Annemarie und Beate sind angespannt, denn heute wird das Permanent –Make – up gemacht.

Zuerst verschwindet Beate den ganzen Vormittag in der Kosmetikkabine. Sie erscheint zum Mittagessen wieder. Sie sieht verändert aus, aber sie ist glücklich es überstanden zu haben.

„Annemarie, nun schau mich nicht so entsetzt an," entgegnet Beate. „Durch die Behandlung ist jetzt alles noch etwas angeschwollen, aber heute Abend ist alles nur noch wunderschön. Du schaffst das auch."

Alle Damen, die noch am Mittagstisch sitzen, sagen nichts dazu. Sie werfen sich viel sagende Blicke zu und versuchen Annemarie, die immer nervöser wird abzulenken.

Annemarie bleibt bei ihrer Entscheidung und verschwindet kurz darauf in der Kosmetikkabine. Bei ihr dürfen alle zuschauen.

Nach der ersten Pause, treffen sie sich mit drei Frauen in der Kabine, und schauen der Kosmetikerin über die Schulter.

Susanne packt das Entsetzen. Sie findet es grausam.

Mit einer feinen Nadel, die mit der Spitze in Farbe getaucht wird, sticht die Kosmetikerin dann in die Haut, um die Farbe dauerhaft an die gewünschte Stelle zu bringen. So wie hier bei der Lippenkontur. Die Lippen werden vorab mit einer Betäubungscreme unempfindlicher gemacht.

Schweigend verlassen sie die Kabine.

Im Kaminzimmer angekommen bricht ein heftiges Geschnatter aus.

Einige Frauen, so wie Susanne sind entsetzt und finden nichts Natürliches daran, andere Damen sind ganz begeistert.

Susanne widmet sich lieber ihrer Zusatzbuchung, die heute noch auf dem Terminplan steht. Sie eilt zur Wellness – Fußrehflecks-Zonen-Massage.

Bei dieser Massage werden neben den klassischen Organzonen, Energiepunkte stimuliert und Meridiane aktiviert. Sie ist eine sehr sanfte Massage der Füße.

Susanne nimmt mit nackten Füßen in einem bequemen Sessel Platz und lässt nun ihre Füße massieren, mit Creme verwöhnen und genießt die letzten Stunden der totalen Entspannung.

Am Abend nach dem Essen wird wieder lebhaft im Kaminzimmer diskutiert.

Jetzt geht es ausschließlich um die Schönheit.

Die beiden Damen mit dem Permanent - Make up, sehen noch etwas entstellt aus.

Bei Beate erkennt man, dass die Schwellung zurückgeht und die Schönheit langsam zum Vorschein kommt.

Beide, Beate und Annemarie, sind glücklich und zufrieden mit ihrer Entscheidung. Alle unterhalten sich über die Produkte, die sie kaufen möchten, um ihre jetzige Pflege zu ergänzen.

Sie plaudern aus dem Nähkästchen, denn jede von ihnen benutzt andere Produkte. Empfehlungen und Ratschläge werden ausgetauscht.

Almut rennt als erste in ihr Zimmer und ruft: „Kommt mal alle her, dann könnt ihr meine Produkte anschauen. Hier habe ich etwas für dich Susanne. Eine Sonnenschutzcreme mit Selbstbräuner – Effekt."

Susanne läuft in ihr Zimmer und plötzlich stehen alle Damen hinter ihr. Sie sind alle neugierig. Sie bestaunen ihre Produkte, lachen über ihre eigenen Ideen der Anwendungen, und besichtigen gleichzeitig Almuts Zimmer. Es ist viel kleiner als Susannes Zimmer und völlig anders eingerichtet.

„So, jetzt gehen wir mal in mein Zimmer", sagt Susanne.. „Ich habe wieder andere Kosmetik und mein Zimmer ist größer und ganz anders eingerichtet. Wer hat Lust es sich mal anzusehen?"

Alle sind neugierig geworden.

Sie laufen mit viel Geschnatter durch alle Zimmer und sind sich einig. Jedes Zimmer hat seinen besonderen Reiz.

Der Abend geht gemütlich zu Ende. Sie haben sich alle angefreundet, anfängliche Barrieren sind gebrochen, der Alltag ist vergessen und alle sind gut erholt.

So kommt der Freitag.

Der letzte Tag ist nur noch der Schönheit gewidmet. Der Frisör kommt heute ins Haus und die Schminkschule ist eröffnet.

Sie werden geschminkt und frisiert, und danach fahren alle in die Stadt zu einem letzten Bummel.

Annemarie, Beate und Susanne beschließen zum Fotografen zu gehen. Dort machen sie Passbilder, die zur Erinnerung dienen. Sie haben eine Menge Spaß und finden sich sehr, sehr schön.

Gut gelaunt mit Top-Fotos verlassen sie das Geschäft und kaufen jeweils noch ein schönes Oberteil.

Der letzte Abend kommt.

Zum Abschied haben die Küchenfeen ein hervorragendes Fünf – Gänge Menü gezaubert. Es schmeckt fürstlich.

Alle sind sich mal wieder einig, dass es perfekt ist und ein ganz besonderer Genuss für sie alle war.

Nach dem ausgiebigen Essen verbringen sie den letzten gemeinsamen Abend im Kaminzimmer. Sie lassen die Woche Revue passieren. Sie haben sich alle erholt und sind rundum erneuert.

Jetzt wird zum Fotografieren gerufen. Jede von ihnen möchte Erinnerungsfotos haben und so laufen sie in bester Laune in den Garten, bringen sich in Pose, und schießen eine Menge schöner Bilder.

Susanne hat mal wieder die Vielseitigkeit der Damenwelt studieren können, und viele schöne Erinnerungen im Gepäck und praktische Erfahrung im Wellnessbereich.

Zum einem lernt sie eine viel beschäftigte Steuerberaterin kennen, die mit schwerer fachlicher Literatur angereist kommt, dazu kommt die Dame ihrer ersten Begegnung, die wohl sehr einsam ist.

Weiter lernt sie eine zurückhaltende Dame kennen, die eine schwere Krankheit im Gepäck hat, die humorvolle Annemarie, die uns immer wieder zu guter Laune bringt.

Mutter und Tochter, die sich nicht richtig entspannen können, da sie sich gegenseitig beobachten.

Auch eine stille, im ersten Augenblick ausgeglichene Dame ist unter ihnen, die sich einer stationären Behandlung im Krankenhaus unterziehen muss.

Sowie die unterschiedlichen Charakteren der Damen, so auch die der Kosmetikerinnen, sind für Susanne sehr spannend zu beobachten. Lauter Persönlichkeiten mit interessanten Unterhaltungen. Viel zu schnell vergeht die schöne Zeit. Susanne sagt: „ Tschüss, bis zum nächsten Mal!"

Der Alltag hat Susanne wieder.

Die Praxis des Wellnesstrainings ist beendet und viel Theorie, die noch gelernt werden will, wartet auf sie.

Sie trifft sich mit Klara und erzählt begeistert von den vielen Eindrücken und Erfahrungen.

„Aber Susanne, jetzt kannst du um so besser für den Wellnesstrainer lernen. Ich möchte am liebsten dahinfahren und während ich dort einen wunderschönen, erholsamen Urlaub verbringe, bekomme ich gleichzeitig ein Praktikum für den Wellnesstrainer."

Sie beschließen die Themen, die Susanne auf der Wellnessfarm in der Praxis kennen gelernt hat, gemeinsam, schriftlich zu erarbeiten.

Die Zeit vergeht und die Prüfung des Wellness- bzw. Gesundheitstrainers rückt näher.

Klara hat die Prüfung vor Susanne gemacht und bestanden.

Jetzt ist Susanne an der Reihe. Sie weiß schon gar nicht mehr wie aufgeregt und angespannt sie werden kann, als der Prüfungstermin vor der Tür steht.

Völlig unter Spannung tritt sie an. Nach Abarbeiten der ersten Themen legt sich die Spannung.

Susanne besteht und ist überglücklich.

Ihr Ego wächst und sie genießt es.

Nun hat Susanne viel für den Körper und den Geist getan, fühlt sich stabiler und fitter, aber irgendetwas fehlt noch.

Es dauert einige Zeit bis sie darauf kommt. Es sind ihre Gefühle, ihre vielen zwischenmenschliche Fragen, die ihr so auf dem Herzen liegen.

Sie braucht etwas für ihre Seele, denn sie hat gelernt, Körper, Geist und Seele müssen im Einklang sein, um sich authentisch rundherum wohl zu fühlen.

Susanne schaut einiges, was in der VHS angeboten wird an, und hört durch Zufall von einem Seminar, dass von der Kirche angeboten wird. Bei dem Seminar geht es um Glaubensfragen und um menschliche Beziehungen.

Sie meldet sich an und lernt Mechthild kennen. Sie wohnt im gleichen Dorf wie Susanne und sie fahren ab sofort, gemeinsam zum Seminar.

Dem Sport, mit Klara, bleibt sie treu.

Susanne hört das erste Mal von fest verankerten Glaubenssätzen, die sie von den Eltern übernommen hat.

Glaubenssätze sind Sätze, an die, die Menschen glauben.

Leitideen, die sie für wahr halten.

Susanne erfährt, wenn sie etwas glaubt, verhält sie sich auch dementsprechend.

Ihre Glaubenssätze wie z. B. "Das schaffe ich sowieso nicht", werden somit mit wenig Kraft und Selbstvertrauen angegangen und ihre Ziele rücken in weite Ferne.

Die Rückschläge und Hindernisse nimmt sie dann als negative Bestätigung war.

Susanne findet das Thema spannend. Hier entdeckt sie langsam einen Ansatz, warum es ihr so schlecht ging und teilweise noch geht.

Susanne hat die ganzen Jahre ihres bisherigen Lebens geglaubt, dass die Spannungen in ihrem Elternhaus und die dazu gefällten Entscheidungen, die sie betreffen, etwas mit ihrer Person zu tun haben. Sie hatte immer ein schlechtes Gefühl.

Durch das Gespräch mit ihrem Bruder Fritz (ehemaliger Onkel) und ihrer Schwester Elisabeth, ist ihr schon vieles klarer geworden, aber sie ist auch verunsichert und will ihre vielen Fragen hierzu klären und beantworten können.

Jetzt ist ihr ganzes Glaubensgerüst zusammengebrochen und Susanne fängt bei null wieder an.

Seelenheilung ist genauso wichtig, wie die körperliche Gesundheit.

Mechthild ist Waldorfschullehrerin und hat Psychosynthese studiert und steht Susanne sofort hilfreich zur Seite.

Sie beruhigt Susanne erst einmal und erklärt ihr, dass sie ihre Geschichte gemeinsam durcharbeiten können, wenn Susanne es will. Sie hat eine kleine Praxis im Dorf und Susanne bucht bei ihr Einzelstunden.

Gleichzeitig meldet sie sich auch zu einem Gesprächskreis bei ihr an. Mechthild leitet den Gesprächskreis, wobei es um die Erkenntnisse aus dem eigenen Leben geht, die man mit den Erkenntnissen aus dem Elternhaus, der Kindheit, und den Glaubenssätzen, in Einklang bringen will. (Energiearbeit)

Ein Arbeitsbuch zu diesem Thema wird zu Grunde gelegt.

Susanne kauft sich das Buch und stellt fest, dass das Thema völliges Neuland für sie ist.

Über Gefühle und Erfahrungen aus dem Leben, sowie die daraus resultierenden Entscheidungen, die vielen Kompromisse, über Lebenserfahrung, darüber wurde in Susannes Elternhaus geschwiegen.

Durch den wöchentlichen Gesprächskreis unterstützt, erarbeitet Susanne sehr aufmerksam ihren bisherigen Lebensweg aus emotionaler Sicht, und kommt zu vielen Erkenntnissen, die sie jetzt umsetzen möchte.

Susanne beginnt nun ihre Krankengeschichte, und die daraus entstandenen alltäglichen Situationen und Probleme, erneut zu betrachten.

Sie hört aufmerksam zu, macht sich Notizen, lernt hier völlig neue Seiten kennen, lässt sich teilweise überzeugen, und ändert so manche Einstellung.

Die Energie oder die Aufmerksamkeit, die wir einem Gespräch, einer Situation, einer Arbeit usw. schenken, bringt uns weiter.

Die Energie folgt den Gedanken.

Am Anfang war es für Susanne ein Glaubenssatz.

Später nach mehreren Erfahrungen wurde es endlich stimmig für sie.

Ihr wurde mit der Zeit vollkommen klar, dass sie sich zu sehr auf die Menschen im Umfeld und deren Ratschläge konzentriert hat, dabei sich und ihren Empfindungen misstraute. Sie hatte ständig im Hinterkopf, das Leben ist schwer und ungerecht.

Sie hörte das erste Mal von Fremdbestimmung.

Zögernd fängt Susanne damit an, ihre Erkenntnis, dass ihr bisheriges Leben mit vielen Lügen gepflastert war, aufzuarbeiten, zu klären, um ein neues persönliches Fundament zu bekommen.

Sie ist glücklich, dass sie Mechthild gefunden hat und arbeitet gerne mit ihr. Zaghaft entsteht eine Freundschaft zwischen den Beiden.

Sie recherchieren erst einmal das Leben von Susannes Mutter, um für die Reaktionen, die sie Susanne gegenüber zeigte, ein Verständnis zu bekommen.

So erfährt Susanne, wie die Generation vor ihr, ihre Eltern lebten.

Sie, Susanne, ist ein Kind aus der Nachkriegszeit, setzt sich nun mit den Kriegsjahren, die ihre Eltern erlebt haben, auseinander.

Viele Stunden verbringen Mechthild und Susanne mit dem Thema. Ihr ist jetzt ganz klar, dass ihre Mutter, bzw. ihre Eltern nicht anders reagieren konnten, da sie viele Erlebnisse zu verarbeiten hatten, und einiges zu vergessen versuchten, unter anderem auch die Tatsache, dass ihre Mutter mit 14 Jahren schwanger wurde und Fritz auf die Welt kam.

Das Kind, das sie von Anfang an verleugnen musste, den Druck und die Drohungen, die sie zu hören und zu spüren bekam, setzten sie vollkommen unter Angst. Sie gehorchte und schwieg.

Sie lebte auf einem Bauernhof in einem kleinen Dorf, in Ostpreußen.

Wie sind ihre Eltern damit umgegangen?

Sie waren angesehene Großgrundbesitzer, Bauern mit vielen Angestellten und Ländereien.

In der Geburtsurkunde steht: "Vater unbekannt!"

Bei der Vorstellung, dass Susannes eigene Tochter mit 14 Jahren schwanger wird, in einem Dorf, wo jeder jeden kennt, bekommt selbst Susanne Beklemmungen und es entzieht sich ihr jeder Vorstellung, wie die Leute reagieren und was da so auf einen zukommt.

Bei Susannes Mutter spielt die damalige Zeit eine große Rolle.

Was konnten die Eltern damals unternehmen?

Wie konnten die Eltern die Tochter schützen?

Haben sie vielleicht die Schwangerschaft ihrer jungen Tochter geheim gehalten?

Ist sie vergewaltigt worden? Vielleicht vom eigenen Vater ?

Viele Fragen, die Susannes Mutter betreffen, tun Susanne weh, sie fühlt mit ihr.

Sie sieht ihre Mutter plötzlich als verängstigtes, junges Mädchen, die sich wohl zu der damaligen Zeit, mancher strengen Verhaltensregeln beugen musste, wenn nicht gar Drohungen anhören und umsetzen musste.

Susannes Mutter gebar einen Sohn, Fritz.

Er wurde ihr weggenommen und von ihren Eltern, den Großeltern des Kindes, groß gezogen, den sie ab sofort als ihren leiblichen Sohn vorstellten.

Susannes Mutter und ihr Sohn wuchsen wie Geschwister auf.

Sie musste ihn auf Abstand halten!

Sie musste schweigen!

Sie durfte keine mütterlichen Gefühle zeigen!

Zu diesem Zeitpunkt ist etwas in ihr zerbrochen!

Ihre mütterlichen Gefühle sind erfroren!

Gerade mal 14 Jahre alt und schon war ihr Leben nur noch mit Angst besetzt. Wie viele Tränen muss sie vergossen haben, Tränen der Verzweiflung, voller Hilfslosigkeit. Sie war ganz auf sich alleine gestellt.

Mit Hilfe vieler Gespräche mit Mechthild, vielen erlösenden Tränen, die Susanne endlich weinen kann, gelingt es ihr so nach und nach ein verständnisvolles, neues Bild von ihrer Mutter zu bekommen.

Auch die Frage: „ Warum hat sie sich auf mich gestürzt, ich die kleine Susanne und nicht auf meine Schwester Elisabeth?", hat Susanne klären können.

Als Susannes Schwester Elisabeth geboren wurde, erinnert die Mutter alles an die Geburt ihres ersten Kindes, ihres verleugneten Sohnes Fritz.

Sie durfte keine falsche Bemerkung machen, nicht der kleinste Ausrutscher durfte passieren, denn sie hatte ja alles tief in sich begraben. Eine mächtige Angst stieg erneut in Susannes Mutter hoch.

Als Susanne geboren wurde, konnte sie das erste Mal etwas Freude empfinden und begann eine sehr innige Beziehung zu Susanne, ihrer so sehr geliebten Tochter, aufzubauen.

Susannes Mutter hatte große, massive Ängste, und brauchte Susanne später zum Überleben.

Ihre mütterliche Liebe schlug mit den Jahren um, in fordernde Liebe, abhängige Liebe.

Susanne dachte aber, sie wäre der größte Schatz ihrer Mutter. Sie war fest davon überzeugt. Sie liebt ihre Mutter über alles.

Sie verbringt viel Zeit damit, ihrer Mutter alles recht zu machen und freute sich immer, wenn ihre Mutter glücklich strahlte.

Heute weiß Susanne, dass die Liebe ihrer Mutter, in den späteren Jahren, als die Mutter sie brauchte, in eine bedingte Liebe umschlägt. Wenn Susanne die Erwartungen, die ihre Mutter an sie heranträgt, zufriedenstellend erfüllt, bekommt Susanne die Liebe, die sie sich so sehr wünscht und für echt hält.

Bedingte Liebe = Liebe, die man sich durch Leistung verdient!

So kommt auch die Entscheidung, dass Susanne nicht in den Kindergarten darf.

Als Susanne in dem Alter war, wo sie das erste Mal das elterliche Nest verlassen kann, wird sie in dem Kindergarten angemeldet, in dem auch ihre Schwester Elisabeth geht.

Nun ist die Mutter seit langer Zeit wieder alleine zu Hause. Da sie nicht berufstätig ist, kommen die alten Ängste bei Susannes Mutter wieder hoch.

Susanne gefällt es im Kindergarten nicht, ihre Mutter, soweit weg, ihre Schwester Elisabeth hat ihre ersten Freundinnen und kein Interesse mit ihr zu spielen.

Susannes Mutter hätte Susanne überzeugen, und für den Kindergarten begeistern, können. Mit der Zeit wäre es ihr bestimmt gelungen Susanne neugierig auf den Kindergarten und den Kindern zu machen, vor allem auf die tollen Spiele und Unternehmungen und vieles mehr.

Aber das Gegenteil ist der Fall.

Susannes Mutter kommen die Unpässlichkeiten der Tochter sehr entgegen, und so meldete sie Susanne kurz entschlossen wieder ab. Nun hat sie Susanne wieder für sich alleine, bis Susanne in die Schule kommt.

Sie erklärt ihr nicht viel.

Susanne hat damals nur verstanden, dass es Schwierigkeiten mit den Nachbarn gab, deren Sohn in dieselbe Gruppe geht wie sie.

Von da an hat Susanne immer Angst etwas falsch zu machen, zu versagen, denn sie bezieht das Problem, mit den Nachbarn, auf sich.

Die Angst setzt sich fest, ob später in der Schule oder bei Unstimmigkeiten mit ihren Eltern, sie spürt immer Angst.

Am Ende hat sie das Gefühl mit ihr stimmt irgendetwas nicht. Alles was für ihre ältere Schwester gut und richtig ist, kommt für Susanne nicht in Frage.

Heute weiß sie, dass die Angst nicht ihre Angst war, sondern die Angst ihrer Mutter.

Die Angst begleitet Susanne bis ins Erwachsenenalter und sie hat sie durch viel Bewusstseinsarbeit gelöst.

Später, bei der Aufarbeitung ihrer Kindheit, wird Susanne immer klarer, dass die Mutter sie gebraucht hat, da sie durch Susanne von ihren eigenen Ängsten abgelenkt ist, und vieles in ihrem Alltag mit Susanne etwas einfacher lief.

Die Mutter hat sich fürs Schweigen entschieden. Sie sah darin ihre einzige Überlebenschance. Es war ihre Entscheidung.

Die Stimmungen, die durch ihr Schweigen in der Familie vieles ungeklärt lassen, belasten sie alle, Elisabeth, Susanne und auch den Vater. Fritz und seine ganze Familie ist ebenfalls betroffen

Susannes Schwester Elisabeth entzieht sich den ganzen Spannungen und zieht in die Ferne. Dort heiratet sie und wird glücklich. Die große Entfernung bringt Erleichterung und Entspannung.

Susannes Vater ist oft sehr verzweifelt, auch als seine Frau, die Mutter seiner Kinder an Krebs erkrankt und alle Therapien ablehnt.

Er wird ein verbitterter Mann und lässt keine Nähe mehr zu. Susanne kämpft darum, den Frieden zu bewahren, bis zur Selbstaufgabe.

Auch das ist Susanne erst heute bewusst.

Sie hat es nicht anders gelernt, als immer für den Sonnenschein, für die Harmonie in der Familie, zu sorgen. Dass Susanne das nie erreichen wird, wusste sie damals nicht.

Heute weiß Susanne, jeder kann nur das geben, was er in dem Moment zu geben vermag.

Jetzt spürte sie das erste Mal wieder sich.

Susanne hat ihre Gefühle ebenfalls eingefroren, um zu überleben. So langsam lässt sie es zu, dass sie wieder auftauen.

Susanne bekommt eine unendliche Wut auf ihre Mutter. Sie trifft sich wieder mit Mechthild in einer Einzelstunde und erzählte ihr davon.

"Ich bin so wütend auf meine Mutter. Ich weiß gar nicht wohin mit dieser ganzen Wut. Wenn ich nur daran denke wie verzweifelt mein Vater und ich oft waren und keinen Ausweg mehr wussten! Warum hat sie das nur getan? Sie hat doch auch mitbekommen, dass wir gelitten haben!"

Mechthild antwortet darauf: " Gut dass du wieder Gefühle zulassen kannst! Deine Wut ist berechtigt. Jetzt müssen wir sie uns genau anschauen und in ein neues Licht rücken."

"Wie soll das denn gehen?" fragt Susanne Mechthild ungläubig.

Wieder unterhalten sich die Beiden über die damaligen Verhältnisse, über den Krieg, den ihre Eltern mitgemacht haben. Das Reden, die Aufklärung der vielen Fragen, sind eine große Bereicherung für Susanne.

Sie sieht hier von Anfang an eine große Chance ihre Persönlichkeit weiter zu entwickeln.

Sie bekommt ein Gefühl dafür, was ihr persönlich, seelisch und körperlich gut tut.

Alles setzt sich Puzzelteil für Puzzelteil zusammen.

Noch einmal trifft sie sich mit Mechthild zu einem Gespräch.

Susanne hat nach dem letzten Gespräch eine Aufgabe mit nach Hause genommen. Sie hat einen Abschiedsbrief an ihre Mutter geschrieben, sie darin um Verzeihung gebeten und ihr Verständnis für das Handeln ihrer Mutter anerkennend erwähnt. Susanne hat ihr aus tiefstem Herzen verziehen.

Nun steht eine, für Susanne, schwere Aufgabe an.

Mechthild und sie haben beschlossen, dass Susanne den Brief heute laut vorliest.

Stockend und sehr leise beginnt Susanne mit dem Vorlesen. Die Worte gehen ihr schwer über die Lippen. Nach den ersten Sätzen wird es flüssiger und zum Ende hin spürt Mechthild, wie erleichtert Susanne jetzt zum Ende des Vorlesens kommt. Sie atmet tief durch. Alles was sie gelesen hat, fühlt sich stimmig, authentisch an. Die Aufarbeitung, der Geschichte der Mutter, war die richtige Entscheidung. Susanne fühlt die innere Ruhe, den inneren Frieden, in sich aufsteigen.

Mechthild und Susanne verbrennen gemeinsam den Brief und verabschieden sich von der Mutter. Susanne lässt sie in Frieden gehen, ihre so sehr geliebte Mamutsch! Sie lässt sie los. Alles ist gut!

Oft fährt Susanne zu dem Grab, das Grab ihrer Eltern, hält Zwiegespräche mit ihrer Mutter und ihrem Vater und ist ihrer Mutter jedes Mal ganz nahe. Eine tiefe Dankbarkeit, überkommt sie jedes Mal, wenn sie an die Vergangenheit denkt. Sie hat ihren Eltern längst verziehen und weiß, dass sie ohne diese Erlebnisse nie das geworden wäre, was sie heute ist.

Den ganzen Erfahrungsschatz hat sie ihnen zu verdanken.

Susanne lernt viele interessante Menschen kennen und neue freundschaftliche Beziehungen entstehen.

Jetzt ist der nächste Schritt fällig. Sie möchte ihr neu erworbenes Wissen nicht nur für sich anwenden, sondern auch im Außen.

Susanne sieht ihre Aufgabe darin, den Menschen, die körperlich angegriffen sind, bewusst zu machen, dass jeder Kranke durch Eigeninitiative, einen Teil selber zu seiner Gesundheit beitragen kann.

Sei es durch intensive Gespräche, durch Umstellung der Ernährung, durch Einbauen der Präventionsmaßnamen in Form von Sport, wie z. B. Walken, Joggen, Yoga, Schwimmen, eventuell Massagen oder alternative Heilungsmethoden, die nichts mit der Schulmedizin zu tun haben.

Susanne macht sich auf die Suche eine geeignete Aufgabe zu finden. Zuerst liest sie akribisch die Stellenanzeige und kleine Artikel über Präventionsmaßnahmen in der Tageszeitung. Plötzlich stößt sie auf einen Artikel über ehrenamtliche Mitarbeit in ihrer Stadt.

Die Freiwilligen Zentrale wird vorgestellt. Hier laufen alle Fäden zusammen, die mit freien Stellen eines Ehrenamtes zu tun haben.

Ihr erster Gedanke, dort brauche ich einen Termin, um über ein Ehrenamt in den richtigen Bereich für meine Aufgabe zugelangen. So fährt sie zum festgesetzten Termin zu einem Gespräch in das Büro der Freiwilligen Zentrale.

Überrascht über das breite Angebot in den verschiedenen Einrichtungen, sei es ein Kindergarten, ein Altenheim, ein Krankenhaus usw., läßt sie sich beraten.

Nachdem sie ihre Gründe und Ziele preisgegeben hat, überrumpelt sie der Mitarbeiter der Zentrale mit einem außergewöhnlichen Angebot.

„Also Frau Bichler, wenn ich das so höre was sie schon alles für Erfahrungen und Kenntnisse mitbringen, hätten sie da nicht Lust, in unserem Team, in diesem Büro mit zu arbeiten? Es geht hauptsächlich um Beratung und Vermittlung"

Susanne sagt zu und beginnt ehrenamtlich zu arbeiten. Sie berät Menschen, die den Weg zur Freiwilligen Zentrale finden und so wie sie, ehrenamtlich eine sinnvolle Beschäftigung nachgehen möchten.

Eines Tages bekommt Susanne Besuch von Frau Knolle in der freiwilligen Zentrale, eine ehrenamtliche Mitarbeiterin aus dem Team im Krankenhaus. Sie bringt Prospekte und sie kommen ins Gespräch.

Susanne erfährt von dieser wundervollen Aufgabe, kranken Menschen mit Rat und Tat beiseite zu stehen, sie im Krankenhaus zu betreuen und zu besuchen.

Ja, hallo, hier liegt ihre Aufgabe.

Sie wechselt von der Freiwilligen Zentrale ins Krankenhaus und fühlt sich sofort wie berufen zu dieser Aufgabe.

Heute ist Mittwoch.

Der Tag an dem Susanne ihren ehrenamtlichen Dienst im Krankenhaus verrichtet.

Dieser Tag beginnt um 6.00 Uhr morgens, denn sie möchte ihre Familie und die Haustiere versorgt wissen, so dass sie alle gestärkt in die Arbeitswelt eintauchen können.

Es gibt für jeden Wochentag ein Team, bestehend aus 8-10 ehrenamtlichen Frauen. Susanne gehört zum Mittwochsteam.

Sie, das Mittwochsteam, der freiwilligen Krankenhaushilfe, stellen sich vor.

Jeden Mittwochmorgen sind sie pünktlich zur Stelle.

Man erkennt sie sofort an den rosa - weiß gestreiften Kitteln.

Unbefangen und voller Lebensfreude betreten sie die Stationen und werden von den Schwestern herzlich begrüßt.

Jetzt eilen sie zu den einzelnen Patienten.

Hier verschenken sie Zeit.

An erster Stelle steht das Gespräch!

Sie sind aufmerksame Zuhörer und geben den Patienten die Möglichkeit, all das auszusprechen, was sie bewegt.

Durch mitmenschliche Nähe, Zuwendung und Aufmerksamkeit für die Sorgen des Patienten, leisten sie einen Beitrag zum Gesundwerden.

Füreinander da zu sein und christliche Nächstenliebe zu zeigen, ist wichtig in dieser computergesteuerten Welt.

Die ehrenamtlichen Helferinnen begleiten die Patienten zu Untersuchungen, - helfen beim Essen, - erledigen viele kleine Dinge des persönlichen Bedarfs, - trösten die Patienten, - gehen mit ihnen sparzieren und vieles mehr.

Jedes Tagesteam trifft sich zu einem gemeinsamen Frühstück in der Krankenhauskantine.

Nun kommen alle zu Wort, ob es privates zu berichten gibt oder Geschichten aus dem Ehrenamt.

Bei einer guten Tasse Kaffee und Frühstück nach Wahl, besprechen sie viele große und kleine Sorgen, die sie an diesem Morgen beschäftigen.

So geht es an diesem Mittwoch um das Thema : `Wie beende ich ein Gespräch, wenn ich feststelle das der Punkt erreicht ist, wo sich alles wiederholt!`

An einem anderen Mittwoch besprechen sie die Planung des nächsten Jahresausfluges.

Zu dem Mittwochsteam gehören Wanderfreunde, Reisefreudige, sportlich Ehrgeizige, sowie Konzertbesucher und Kunstorientierte, hochsensible und realistische Damen, aber das Ehrenamt steht bei allen an erster Stelle.

Viele heitere und ernste Geschichten und Begegnungen bleiben im Gedächtnis. Es wird gelacht, aber es können auch Tränen fließen.

Es bleibt vieles in guter Erinnerung.

Susannes ehrenamtlicher Dienst beginnt um 8.00 Uhr auf der onkologischen Ambulanz.

Sie wird von den Schwestern und den Patienten herzlich begrüßt.

„Guten Morgen Frau Bichler, schön sie zu sehen. Es kommen heute wieder viele Patienten. Wir sind froh, dass sie da sind. Sie verbreiten immer gute Laune, " ruft Schwester Monika.

Alle freuen sich, wenn sie Susanne sehen und sie bemüht sich, dass es so bleibt.

„Ja guten Morgen alle zusammen, " grüßt Susanne freundlich zurück und eilt zum ersten Bett.

Hier begrüßt sie Frau Rosellen, die immer am Mittwoch zur Therapie kommt. Sie treffen sich nun schon 8 Monate hier, an dem Mittwoch.

Frau Rosellen macht heute einen glücklichen, zufriedenen Eindruck.

Sie strahlt übers ganze Gesicht.

„Frau Bichler haben sie gleich etwas Zeit für mich?" fragt sie, „ich habe Neuigkeiten und möchte mit ihnen reden."

„Ich verteile erst die Getränke und dann bin ich für sie da! Sie bekommen einen Tee, wie immer?"

Frau Rosellen nickt und Susanne geht von Bett zu Bett, immer mit ein paar netten Worten auf den Lippen und erkundigt sich nach dem Befinden und den Wünschen der Patienten.

Sie betreut die Patienten, so gut wie sie kann.

Dazu reicht sie frischen Kaffee, Tee, Kakao und Wasser. Eine kleine Aufmerksamkeit in Form eines Kekses liegt immer dabei. Sie verteilt kleine Kissen, die bei ihnen Fritzchen heißen, damit die Patienten so gemütlich, wie es nur geht, liegen können.

Jeden Tag, wenn die Patienten zur Chemotherapie kommen, wird ein Blutbild ausgewertet, damit die Behandlung für den Tag frei gegeben werden kann. Wenn das Blut abgenommen wurde, bringt Susanne es sofort ins Labor, um die Wartezeit so gering wie möglich zu halten.

Wird die Behandlung freigegeben, holt sie die entsprechende Chemotherapie aus der hauseigenen Apotheke. Die Behandlung beginnt.

Die Patienten bekommen über einen Zugang, einen Port, oder direkt in die Vene die Chemobehandlung. Es dauert einige Stunden und jetzt finden viele intensive, lange, beratende Gespräche statt.

„Hier bin ich wieder, " sagt Susanne zu Frau Rosellen, „sie strahlen ja wie der Sonnenschein, der so lange auf sich warten ließ. Das kann nur Gutes bedeuten."

„Richtig Frau Bichler, halten sie mal meine Hand, damit ich sie vor Freude drücken kann. Ich habe gute Nachrichten. Nach den letzten Untersuchungen und dem Gespräch mit der Stationsärztin, ist der Krebs zum Stillstand gekommen und einige Metastasen sind weg.

Es ist wie ein Wunder. Die Chemotherapie hat geholfen. Ich habe gute Chancen auf weitere Heilung. Ich bin so glücklich. Ihr Schutzengel, den sie mir in der Weihnachtszeit geschenkt haben hat mich beschützt. Ich trage ihn immer bei mir," flüstert Frau Rosellen.

„Sehen sie auch kleine Hilfestellungen haben eine große Wirkung. Ich freue mich so für sie, " erwidert Susanne..

Viele kleine Freundschaften entstehen, denn im Durchschnitt sind 8-10 Behandlungen nötig, im Abstand von je 1x in der Woche.

So kommt es vor, das Patienten, die einmal den Mittwoch zur Behandlung gewählt haben, auch Susanne immer wieder antreffen.

Mit viel Fingerspitzengefühl und im Hinterkopf das Gelernte des Gesundheitstrainers (Wellnesstrainers), beginnt Susanne dann ein Gespräch.

Das Wissen, das sie sich durchs Studium des Gesundheitstrainers erarbeitet hat, kommt hier oft zum Einsatz.

Die Vielseitigkeit der Gespräche erfordert hohe Aufmerksamkeit. Susanne freut sich von ganzem Herzen, wenn sie dem Patienten ein Lächeln auf seinem Gesicht zaubern kann, eventuell wird ein Rat ein liebevolles Wort gebraucht.

Auch alltägliche Sorgen, Hindernisse und die Befindlichkeit, die im alltäglichen Ablauf nach der Therapie, der Patient bewältigen muss, werden Susanne erzählt. Sie bringt sich ganz ein, berichtet von ihren persönlichen Lösungswegen und versucht die Patienten über neue Möglichkeiten zum Nachdenken anzuregen.

Oft sind es Worte, die genau im richtigen Moment auf den richtigen Menschen treffen. Dann ein Kompliment über hübsche Dinge, Bewunderung über die Zuwendung der Partner, die sich hingebungsvoll um ihre Angehörigen kümmern.

Wenn der Kummer und der Schmerz so groß werden, hat Susanne kleine Schutzengel in der Kitteltasche, die dann mit dem Patienten auf die Reise gehen.

Die Patienten freunden sich auch untereinander an.

Susanne fördert es gerne, da sie ihre Erfahrungen und medizinische Fachkenntnisse austauschen können. Die Krankenschwestern und sie stehen bei Fragen direkt zur Seite.

Auf Wunsch kann ein Mittagessen bestellt werden.

An diesem Mittwoch kommt Susanne später als gewohnt auf die Station und wird schon sehnsüchtig erwartet.

Viele Patienten sind früh am Morgen eingetroffen, warten nach der Blutabnahme auf das Ergebnis der Blutwerte, um mit der Chemotherapie zu beginnen.

In manchen Fällen wird der Patient nach Hause geschickt, wenn die Blutwerte zu schlecht sind, und mit einer Chemotherapie nicht begonnen werden kann.

Dann ist Susanne gefragt. Sie nimmt sich viel Zeit für diese Patienten, denn sie stehen mit so einem Ergebnis, und der Entlassung nach Hause, plötzlich alleine da.

Wenn es das erste Mal passiert, schießen ihnen tausend Gedanken durch den Kopf, und Susanne steht mit Rat und Tat zur Seite.

Oft macht sich große Verzweiflung breit und in diesem Moment das Richtige zu finden, um den Boden nicht unter den Füßen zu verlieren, ist mit viel Fingerspitzengefühl verbunden.

Mit der Zeit lernt Susanne durch ihre hohe Sensibilität für die Patienten, die richtigen Worte zu finden.

Frau Stein ist heute davon betroffen.

Sie fragt Susanne: „Wie gehe ich jetzt damit um, was kann ich dazu beitragen, das sich die Blutwerte wieder im Normbereich bewegen? Es ist für mich das erste Mal. Bisher waren meine Werte immer Normbereich."

„Nun verzweifeln sie nicht. Sie als Patientin können immer etwas tun. Haben sie sich schon mal über alternative Medizin Gedanken gemacht. Ich meine einen Heilpraktiker hinzu zu ziehen! Ich habe damit gute Erfahrung gemacht."

Sie wird neugierig.

„Er kann ihnen vielleicht eine Hilfestellung zur Chemotherapie anbieten. Ein Gespräch wäre es wert," fügt Susanne hinzu.

Sie nickt: „ Ich denke darüber nach."

Sie unterhalten sich weiter über die Ernährung, über eine Beschäftigung, die sie als Patient neu im Alltag einbauen kann, um etwas entspannter zu werden.

Sie verlässt nach einem ausgiebigen Gespräch zuversichtlich und dankbar die Ambulanz.

Der nächste Patient, der ein großes Redebedürfnis hat, wartet auf Susanne. Sie bietet ihm einen Kaffee an und sie kommen ins Gespräch.

„Ich bin so froh, dass ich hier bin", sagt er zu ihr.

Susanne ist überrascht und antwortet: „Schön zu hören, wir geben uns hier auch alle Mühe, dass sie sich gut aufgehoben fühlen."

„Das merke ich", eine lange Pause tritt ein.

„Ich habe am Anfang meiner Diagnose die Chemotherapie abgelehnt, denn nach den ganzen Untersuchungen kam ein schlechtes Ergebnis heraus und meine Frau habe ich vor zwei Jahren durch eine Krebserkrankung verloren, " teilt er ihr mit.

Susanne ist beeindruckt, wie realistisch er sich mit seiner Situation auseinander gesetzt hatte.

„Da haben sie ja schon viel erlebt, was die Krankheit und der Alltag damit zu leben, mit sich bringt."

„Ja", sagt er, „aber jetzt kommt das Unglaubliche.

Plötzlich habe ich an meine Kinder gedacht und einer Therapie zugestimmt. Es ist tatsächlich eine Besserung eingetreten, die mir viel neue Hoffnung bringt und der kurze Lebensabschnitt, den ich nach Aussage der Ärzte noch zu leben hätte, habe ich lange überholt. Mir geht es gut dabei und jetzt mache ich die Therapie weiter."

Susanne bekommt eine richtige Gänsehaut und erwidert: „Ich freue mich sehr für sie und das die Chemotherapie so gut zusammengestellt ist, das sie, sie ausgezeichnet vertragen und wirkt, ist schon ein kleines Wunder. Ich fühle mit ihnen und denken sie daran, Wunder und wenn sie noch so klein sind gibt es immer wieder. Für ihre Zukunft wünsche ich ihnen alles Gute."

Susanne eilt zum nächsten Patienten und sieht wie zufrieden und voller Zuversicht ihr Gesprächspartner hinter ihr herschaut.

Sie trifft auf eine Patientin, die schon lange zur ambulanten Chemotherapie kommt. Eine kleine freundschaftliche Beziehung ist entstanden und sie umarmen sich liebevoll.

„Hallo Frau Mücke, wie geht es ihnen denn heute?" fragt Susanne sie.

„Ach wissen sie, ich habe heute meine Gedanken mehr bei meinem Mann. Er ist letzte Woche Rentner geworden und hat sich zur Aufgabe gemacht, mich nun vollkommen zu verwöhnen.

Ich überlegte gerade, wie ich ihm ab und zu entkommen kann, da ich mein neues, von Krankheit begleitetes Leben, sehr selbstständig organisiert habe. Ich brauche und ich schätze seine Unterstützung sehr, aber nicht 24 Stunden."

Sie lächelte leicht.

Susanne schmunzelt ebenfalls und antwortet: „ Uns zwei wird schon etwas einfallen. Noch ist alles ganz neu. Beobachten sie es mal mit etwas Abstand und amüsieren sich darüber. Ihnen wird dann sicher etwas einfallen. Wenn nicht, werden wir gemeinsam darüber nachdenken und unsere Ideen austauschen."

Es ist Karneval und Susanne hat Lust auf feiern und fröhlich sein. Sie hat sich mit drei Frauen aus dem Dorf zur Frauensitzung im Nachbardorf verabredet.

Sie treffen sich:„Hallo Marlies, wie siehst du denn aus? Bist du ein Bienchen oder ein Brummer?" ruft Susanne schon von Weitem. Mit gelben Fühlern auf dem Kopf einem gelb – schwarz gestreiften Oberteil, schwarzer Strumpfhose und warmer Winterjacke steht sie vor ihr.

Sie lacht: „ Du weißt ja gar nicht wie Recht du hast. Ich möchte ein Bienchen sein, bin aber ein Brummer geworden, da ich nicht mehr rauche und zugenommen habe. Aber wie findest du denn unseren Teufel in der Mitte und dann noch das Elchgesicht von Ursula!

Sag mal Ursula, wie bist du denn auf den Elch gekommen und dann noch mit Weihnachtsdekoration zwischen den Hörnern und das alles auf dem Kopf?"

Ursula schaut etwas irritiert drein: „Mir gefällt das Elchgeweih. Kann mir jemand von euch noch eine rote Nase malen?"

„Gib mir mal den Lippenstift, dann steht der roten Nase nichts mehr im Weg, " sagt Susanne und macht sich ans Werk.

Der Bus, der sie zur Sitzung bringt, kommt.

Auch sind inzwischen einige Karnevalisten eingetroffen. Gemeinsam machen sie sich auf den Weg.

Fröhlich gestimmt treffen sie in der Mehrzweckhalle, dem Veranstaltungsort ein, nehmen ihre Plätze ein und bestaunen so manch schönes Kostüm. Bis zum Festprogramm ist noch etwas Zeit und sie verweilen bei Kaffee und Kuchen. Viele Neuigkeiten werden ausgetauscht. Das Programm beginnt.

Es wird gesungen, geschunkelt und viel gelacht.

Susanne ist ausgelassen und jauchzt mit ihren Freundinnen um die Wette.

Plötzlich steht eine Patientin, die sie auf der onkologischen Ambulanz kennengelernt hat, vor ihr. Sie fallen sich wortlos in die Arme und verweilen einen ganzen Moment in der Umarmung.

Ihre Gedanken überschlagen sich. Den Ort an dem sie stehen vergessen sie. Jede von ihnen fühlt intensiv die Fragen, die auftauchen.

Darf ich denn so ausgelassen feiern? , denkt Susanne

Die Patientin, weil sie eine lebensbedrohliche Krankheit hat! denkt ebenfalls daran.

Susanne, weil sie Freude und Leid so dicht beieinander zulassen kann, bekommt eine Gänsehaut.

„Hallo ich finde es schön sie hier zu treffen", begrüßt Susanne sie mit gemischten Gefühlen.

„Helau", erwidert sie zaghaft. „Nach langer Überlegung habe ich mich entschlossen Karneval zu feiern, überhaupt meinen Alltag soweit möglich wie früher zu leben. Ihnen hätte ich es nicht zugetraut, das sie so lustig sein können."

„Ich feiere immer gerne, hatte aber am Anfang meiner Arbeit im Krankenhaus so meine Schwierigkeiten", erklärt Susanne ganz offen.

Jetzt sind sie sich einig, dass sie das Leben, so wie sie es antreffen, annehmen.

Sie erfüllen sich heute einen Herzenswunsch. Sie feiern ausgelassen, singen fröhliche Karnevalslieder und lachen laut über lustige Reden, aber das traurige Zeiten ebenfalls sein dürfen und kommen werden, war ihnen klar.

Susanne hat selten so gemischte Gefühle erlebt und die fröhliche Seite hat heute überwiegt.

Heiter, mit viel Witz und Charme verabschieden sie sich zu später Stunde.

Susannes ehrenamtliche Arbeit auf der onkologischen Ambulanz nimmt Formen an, denn sie stellt fest, dass sie die zwischenmenschlichen Beziehungen, in so schwierigen Lebensabschnitten, auch psychologisch interessieren.

Hier kommt sie sich und ihrer Hauptaufgabe immer näher.

So kommt der nächste Mittwoch im Krankenhaus.

Susanne trifft eine Patientin wieder, die sie schon länger betreut. Sie liegt am Tropf mit Chemotherapie und Susanne setzt sich zu ihr. Sie kennen sich schon einige Monate und die Behandlungstermine passt die Patientin, Susannes Dienst an, damit sie sich treffen.

Viele Unterhaltungen haben sie beide schon geführt. Heute wird es besonders spannend.

Nachdem Susanne sie fragt, wie es ihr heute geht und sich dann nach ihren Wünschen erkundigt, kommt ein leichtes Lächeln in ihr Gesicht.

Voller Zuversicht erzählt sie ihr: „Ich habe mich mit neuen, körperlich, leichteren Aufgaben vertraut gemacht und mit dem Tagebuch – Schreiben begonnen. Hier kann ich meine Träume und Wünsche, aber auch meine starken Ängste und Zweifel loswerden."

„Ich finde es großartig. Haben sie bei unserer letzten Unterhaltung etwas für sich entdeckt, bewundernswert! Darf ich etwas über ihre Wünsche erfahren? Was genau möchten sie tun?" fragt Susanne die Patientin.

Sie bekommt zu hören: „Vielleicht lerne ich Malen und eventuell möchte ich mir eine Hauskatze zulegen."

Sie war in dem Moment voller Energie und vergießt eine Zeitlang ihre Erkrankung. Wir schwärmen gemeinsam von den schönen Aufgaben.

Behutsam fragt Susanne: „Was sagt denn ihr Mann dazu?"

Ihr Strahlen verschwindet und sie meint: „Ich fühle mich oft allein gelassen. Er steht allem Neuen, was mich betrifft, kritisch gegenüber."

Susanne entgegnet ihr: „ Haben sie sich schon mal Gedanken darüber gemacht, das ihr Mann ja vor ganz neuen Situationen gestellt wird, das er große Angst um sie hat und nicht weiß wie er damit umgehen kann."

Sie wird sehr nachdenklich, meinte aber spontan: „ Ich will meine Ziele nicht aus den Augen verlieren, aber die ein-oder andere Entscheidung überdenken, und eine Katze an meiner Seite ist schon lange ein Herzenswunsch von mir."

Die Stimmung scheint nun etwas bedrückt.

Susanne sieht sie mitfühlend an und erkundigt sich: „Welchen Schritt möchten sie denn zuerst in die Tat umsetzen?"

Weiterhin macht Susanne sie darauf aufmerksam: „ Viele kleine Ziele haben sie schon erreicht. Sie können stolz auf sich sein."

Nun muss Susanne es ihr erst einmal erklären was sie meint. Sie beginnt zu erzählen: „Vor einiger Zeit fühlten sie sich der Krankheit ausgeliefert, nun haben sie sich geöffnet. Sie haben sich zu Mitarbeit entschieden, sich neue Ziel gesetzt und die Herausforderung die, die Zeit mitbringt, angenommen."

Jetzt bekommt Susanne eine hoffnungsvolle Antwort: „ Ich werde erneut mit meinem Mann reden und versuchen, ihn mehr mit ein zu beziehen.

Ich weiß, dass ich nicht alle Zeit der Welt habe und möchte daher nicht auf meinen Mann verzichten. Jetzt muss ich erneut überlegen, was und wie ich mich als nächstes entscheide."

Nachdenklich sitzen sie nun da. Susanne fragt sie: „Wenn sie sich jetzt ganz frei entscheiden könnten, wenn sie einen Schritt gehen würden, den sie sich bisher noch nie zugetraut haben, was wäre das?"

Eine Pause entsteht.

Plötzlich lächelt sie wieder und meint: „Ich würde gerne ein Buch über diese Krankheit schreiben. Irgendwie haben sich meine Interessen geändert und ich fühle mich beim Schreiben so richtig wohl.

Vieles wird mir dabei bewusst und macht mich frei. Ideen, Erfahrungen und sachliche Informationen habe ich, mit der Zeit, ja genug sammeln können. Ich würde so gerne anderen Kranken mit meinen Erfahrungen helfen, so wie sie, nur in Form eines Buches."

Susanne wird richtig mitgerissen von dieser Energie, gibt aber zu bedenken, dass sie ihr bisheriges Leben nicht aus den Augen verlieren soll.

So fragt Susanne: „Wenn sie alles beim Alten ließen, was würde geschehen? Wenn sie ausharren und geduldig ihre Genesung abwarten, wie wäre das?"

Sie meint: „ Ich kann viele Dinge damit entschuldigen, dass ich mich auf meinen Mann und die Ärzte verlassen habe. Ich könnte einigen unangenehmen Dingen aus dem Weg gehen. Ich habe das Gefühl, wenn ich nur ausharre, dann gebe ich auf."

Sie war sich sicher, dass ihr Weg über die Mitarbeit, übers Schreiben und Bewusstwerden ihrer Krankengeschichte, der richtige Weg ist.

„ Ich denke, ich werde offen mit meinem Mann darüber reden. Es würde mich freuen, wenn er die organisatorischen Arbeiten übernehmen würde.

Ich fühle mich so wohl an seiner Seite. Eigentlich wäre es schön, wenn wir gemeinsam ein Buch schreiben.

Eine Katze wäre in dem Fall ja auch kein Problem, da ich ja überwiegend zu Hause bin, wäre ich nie allein."

Weiterhin antwortet sie: " Das Ausharren in machen Genesungsprozessen ist nicht unumgänglich, aber ich werde mein Augenmerk aufs Schreiben richten.

Hierbei kann ich mein Leben noch einmal erleben, die Erinnerungen mit in die Zukunft nehmen. Die Katze wäre ein schöner Ausgleich, ich kann sie versorgen, mit ihr schmusen und ruhen und einfach nur ihre Anwesenheit genießen.

Das Malen werde ich wohl auf einen späteren Zeitpunkt verschieben. Mir kommen so viele Gedanken bei unserer Unterhaltung, die ich zu Papier bringen möchte."

Sie wirkt auf Susanne jetzt sehr entspannt und sie haben ganz vergessen wo sie sich aufhalten.

Überzeugend antwortet Susanne zum Schluss:

„Unser Gespräch ist sehr aufschlussreich für mich. Ich werde an den Ideen festhalten. Ich spüre eine innere Kraft und Zuversicht. Meine Angst vor der Zukunft ist im

Moment gering. Ich will die ersten schlimmen Stunden, die ich mit meinem Mann gemeinsam verbracht habe, nach der Diagnose Krebs, direkt in mein Tagebuch schreiben und sie dann loslassen.

Ich möchte kein Opfer dieser Krankheit werden und mich auch nicht mehr so ausgeliefert fühlen."

Sie liegt etwas erschöpft, aber sehr zufrieden in ihrem Bett.

Susanne muss ihr Versprechen ein guter Zuhörer zu bleiben. Sie verabreden sich für die kommende Woche, zu einem kleinen Erfahrungsaustausch, auf der Station.

Susanne verabschiedet sich von ihr. Sie muss noch lange über das Gespräch nachdenken.

Letzte Woche trefft Susanne sie wieder und der Austausch findet statt, der Susanne und die Patientin, hoffnungsvoll bleiben lässt.

Susanne hat das Gefühl, dass sie eine gute stabile Perspektive für die Zukunft herausgearbeitet haben, so kann sie sich auch ihren Ängsten anvertrauen.

Die gemeinsame Zukunft mit ihrem Mann ist ihr sehr wichtig und die Angst, die bei dieser Krankheit überwältigend groß werden kann, können sie gemeinsam besser anschauen.

Ihr Mann hat große Angst um sie, dass sie sich überfordert oder die falschen Entscheidungen trifft. Hier ist noch viel Redebedarf, denn sie hat den Schritt gewagt sich zu öffnen und es ist ihr gut bekommen.

Bei diesen Gesprächen macht Susanne immer wieder die Erfahrung, dass sie sehr viel übers Beobachten und Hören wahrnimmt und sich auf kleine Veränderungen, in der Tonlage und im Äußeren, gut einstellen kann.

Die Mimik eines Menschen, die Tonlage im Gespräch, lassen sie sehr aufmerksam werden.

Sie bekommt schnell heraus, was den Patienten gut tut.

Einige Patienten sind verschlossen und reden nicht. Wenn dann erneute niederschmetternde Diagnosen kommen, kommt schon mal ein Gespräch zustande. Sie reden dann über die Angst.

Die Psychologie der menschlichen Beziehungen, werden für Susanne zu einem spannenden Thema.

Sie studiert schließlich über ein Heimstudium psychologische Beraterin.

Das Studium dauert 18 Monate. Auf dem Postweg erhält Susanne die Studienhefte, daraus werden monatliche Einsendearbeiten erstellt. Praxisnahe Fälle , erlebt Susanne wöchentlich, auf der onkologischen Station bei ihrem Ehrenamt. Studienbegleitende Online - Diskussionen und Arbeitsforen kann Susanne im Internet jederzeit aufrufen.

Nach einem abschließenden Coaching - Basis - Seminar, nimmt Susanne an einer theoretischen Prüfung teil und besteht. Sie ist glücklich.

Susanne sieht sich in erster Linie als Berater, da sie es sich zur Aufgabe gemacht hat, die Klienten aus ihrer Unbeweglichkeit, in die Bewegung zu bringen.

Das Aufspüren persönlicher Blockaden und Einschränkungen, eigene Kraftquellen finden und Handlungsspielraum bewusst machen usw., bedarf manchen Rat. (Hinweis, Tipp)

Auch die Helferin in Susanne, wird sie nicht ausschließen, da es hin und wieder bei den ersten neuen Schritten einer Begleitung bedarf, wie z. B. in außergewöhnlichen Belastungssituationen, guten Kontakt und Vertrauen herstellen, und Konflikte bewusst erleben.

Alles hat seine Grenzen, auch Susanne ist ersetzbar. Sie hat sich in der Ausbildung mehrmals damit auseinandergesetzt.

Ihre Beratung bekommt in den Bereichen den höchsten Stellenwert da, wo auch sie Entwicklung mit Hilfestellung erfahren hat, sich in ihrer Einzigartigkeit wahrzunehmen, zu respektieren, anzunehmen und zu lieben gelernt hat.

Sie hat die neuen Erkenntnisse in den Alltag eingebaut.

Wenn es ihr unmöglich ist den Klienten zu beraten, gibt sie ihm Empfehlungen zu anderen Anlaufstellen, Organisationen, Selbsthilfegruppen, der Literatur, usw., mit auf den Weg.

Susanne wird beim ersten Gespräch, dem beidseitigen Kennenlernen (Beraterin - Klient), die Wünsche des Klienten in den Mittelpunkt stellen, damit er sich verstanden und aufgehoben fühlt, um mit dem Klient eine gemeinsame Basis zu finden.

Dann erst kommt es zum eigentlichen Coaching, Beratung bzw. Beratungsterminen.

Susanne vertraut darauf, dass ihre hohe Sensibilität, ihre Erfahrungen bei der Arbeit an ihr selbst, weiterhin Fingerspitzengefühl geben, um nicht die ganze Bandbreite, sondern den Teilbereich bewusst werden lassen, den der Klient bearbeiten möchte.

Der Klient soll mit einem guten Gefühl die Beratung verlassen, das heißt für Susanne, das Problem, das bei einer Sitzung auftaucht und manifestiert werden kann, soll mit zufriedenstellenden Lösungsansätzen und anderen Denkweisen, motivierend geklärt sein.

Wenn sie an einem schwierigen, angstmachenden, unüberwindbaren Punkt angekommen sind, wird Susanne die Beratung so lange fortsetzen, bis die Situation stimmig für beide Seiten ist, denn jedes Tief birgt auch ein Hoch.

Der Konflikt, der im Raum steht muss die ganze Aufmerksamkeit bekommen, damit der Klient und Susanne, gemeinsam Entscheidungshilfen entwickeln können.

Susanne ist ein aufmerksamer, guter Zuhörer und konzentriert sich auf jede kleine positive Veränderung, die der Klient zeigt und freut sich mit ihm.

Es ist seine ganz persönliche Leistung, die er sich erarbeitet hat.

Auch häufiges Wiederholen eines Konfliktes mit verschiedenen Blickrichtungen ist sehr konstruktiv.

Ihre ganze Aufmerksamkeit ist stets beim Klienten und sämtliche Ablenkung muss vor der Tür bleiben.

Das Bewusstmachen ihrer eigenen Grenzen und ein gutes Gefühl für den Klienten, für sich etwas Positives zu erarbeiten, zu erkennen, zu ändern, neue Erfahrungen sammeln, und in Bewegung bleiben, sind immer ein guter Abschluss einer Beratungsstunde.

Die Patienten, die medizinisch gut versorgt sind, bringen aber ihre ganz unterschiedliche Persönlichkeit mit.

Susanne kommt mit vielen Menschen, aus unterschiedlichen Bereichen und sozialen Schichten zusammen.

Hier hat sie eine Aufgabe gefunden, die sie rundherum ausfüllt.

Seminare, wie Gesprächsführung, Initialpflegekurs, Demenzerkrankung, Palliativmedizin (Verbesserung der Lebensqualität schwerstkranker Patienten und deren Familien) haben ihr das Krankenhaus ermöglicht.

Wieder lernt sie eine Patientin kennen, die ihre erste Klientin wird.

Sie ist eine sportliche Dame mit leicht ergrautem Haar, sehr verzweifelt. Ihr erschreckter Blick, der die Geschehnisse verfolgt, macht Susanne auf sie aufmerksam.

Sie kommen ins Gespräch.

Die Patientin verrät ihr, dass sie alleinstehend ist, keine Kinder hat und ihren Mann vor 7 Jahren an Krebs verlor.

Susanne erzählt ihr, wie sie zum Ehrenamt kommt, von ihrer Ausbildung zur psychologischen Beraterin und dem jetzigen Abschluss.

Sie frage sie spontan: „Ich möchte sie gerne beraten. Sie wären meine erste Klientin. Was halten sie davon."

Nun war es gesagt. Erwartungsvoll blickt Susanne sie an.

Sie sagt zu.

Sie treffen sich privat, in der gemütlichen Sitzecke am Kamin, bei Susanne zu Hause, zu einer Zeit, da sie ungestört sind.

Block und Bleistift liegen bereit.

„Guten Tag Frau Maier", begrüßt Susanne sie.

Sie ist genauso angespannt wie ihre erste Klientin.

So zeigt sie der Klientin ihr kleines Reich und gibt ihr Zeit sich umzuschauen.

Erschöpft, aber auch erwartungsvoll sitzt sie ihr nun gegenüber. Susanne hat eine Uhr in Sichtweite aufgestellt und erklärt ihr, dass sie sich nun eine Stunde Zeit nehmen, um sich besser kennenzulernen.

Sie willigt ein.

Susanne erzählt kurz von sich, dann bitte sie die Klientin, sich erst einmal sich vorzustellen.

Zögernd beginnt sie: „ Ich bin 64 Jahre alt, verwitwet. Ich habe meinen Mann vor 7 Jahren an Krebs verloren. Ich vermisse ihn sehr.

Ich habe keine Kinder und war bis zur Rente Finanzbuchhalterin in einem großen Unternehmen. Dort habe ich viel Anerkennung bekommen, da ich überaus gewissenhaft und fehlerfrei gearbeitet habe.

Die Arbeit und die damit verbundenen Ablenkungen fehlen mir. Mein Mann war beruflich ebenfalls erfolgreich. Er war Bauingenieur, ist vor Rentenbeginn krank geworden und vor einigen Jahren gestorben."

Sie kämpft mit den Tränen und meint: „ Meine Beziehung war so intensiv, wie die der siamesischen Zwillinge. Meine Eltern sind verstorben. Ich habe einen Bruder. Mein Bruder hat drei Kinder, aber ich habe wenig Kontakt zu ihm."

Mitfühlend sieht Susanne sie an und antwortet: „In meiner Beratung geht es um sie, ihre persönlichen Wünsche und Bedürfnisse stehen hier an erster Stelle."

Plötzlich bricht sie in Tränen aus und es sprudelt nur so aus ihr heraus.

Hier ist Zuhören angesagt.

Kurze Notizen macht sich Susanne bei dem ersten Gespräch.

„Ich bin so verzweifelt, da ich nun auch an Krebs erkrankt bin. Ich habe wenig Hoffnung auf ein langes Leben und die Vorgeschichte meines Mannes ist ständig im Hinterkopf. Ich habe große Angst vor der Zukunft."

Susanne zeigt ihr Mitgefühl und ihr erster Gedanke ist, ihre große Angst zu mildern.

Sie fragt die Klientin:

„ Was ist ihr größter Wunsch? Wie fühlt es sich an, wenn sie mitarbeiten könnten, zu ihrer Gesundheit etwas beitragen, sich nicht ausgeliefert fühlen?

Ihre Erfahrungen von vor 7 Jahren könnten sie heute für ihre Gesundheit einsetzen."

Sie sammeln Ideen.

Langsam, aber vertrauensvoll erzählt sie Susanne: „ Mein größter Wunsch ist, dass ich das Leiden der anderen Patienten nicht mit ansehen muss, da dann alles von meinem Mann wieder in mir hochkommt.

Der Gedanke, dass ich an meiner Genesung mitarbeiten kann ist mir fremd. Ich fühlte mich bei der Diagnose direkt ausgeliefert und hilflos. Nun möchte aber genau wissen, was ich für Möglichkeiten habe."

Susanne gibt ihr die Anregung mit, dass sie für die nächste Stunde einmal überlegen soll, ob eine Selbsthilfegruppe, Yoga oder andere, sanfte Entspannungstechnik, etwas für sie wäre oder diverse Literatur.

Was ihre Hobbys sind, die sie früher gerne gemacht hat!

Gleichzeitig versichert Susanne ihr, dass sie ausführlich über ihre Ängste reden können, wenn sie es möchte, da es immer eine Aufklärung (Klärung) gibt. Auch die Gespräche mit dem behandelnden Arzt und deren Aussagen möchte sie einmal erzählen.

Hier gibt es Anregungen und begleitende Möglichkeiten, die sie aufgreifen können.

Susanne verspricht ihr, auf der onkologischen Ambulanz, sie bei dem Wunsch in eine Einzelkabine zur Therapie zu gehen, unterstützen werde. Die Klientin ist jetzt der Meinung, dass sie hiermit anfangen muss, um für sich zu sorgen.

Sie treffen sich wieder bei Susanne zu einer weiteren Gesprächen.

Die Klientin hat in der Zwischenzeit, in der Einzelkabine ihre Therapie bekommen und ein Schimmer der Hoffnung ist zu ihr zurückgekehrt.

„Hallo, Frau Maier, wie geht es ihnen heute?" begrüßt Susanne sie.

„Ich habe seit langem Mal wieder sehr hoffnungsvoll auf einen (diesen) Termin gewartet. Vielen Dank für die Unterstützung in der Klinik. Ich habe ja jetzt eine Einzelkabine und fühle mich besser bei der Behandlung der Chemotherapie.

Ich bin so froh, dass sie mich angesprochen haben und ich mit ihnen reden kann. Ich habe einige Ideen zu Papier gebracht, aber mein größter Wunsch ist es, besser mit meinen Ängsten und den vergangen Erfahrungen, mit der Krankheit von meinem Mann, umzugehen.

Ich habe ein seltsames Gefühl dabei, die Erfahrungen die, die Krankheit von meinem Mann betreffen, heute positiv für mich einzusetzen."

„Eins nach dem anderen", erwidert Susanne.

„Sie sind ja heute voller Zukunftspläne, das freut mich sehr. Wir werden heute über Gefühle und den Umgang mit neuen, sowie mit alten Gefühlen sprechen.

Die erste neue Erfahrung nicht ausgeliefert zu sein (Therapie in einer Einzelkabine), Mut sich zu äußern, haben sie ja nun schon gemacht. Damals der Schock der Diagnose, die Angst, machen nun etwas Platz für den Schimmer der Hoffnung selbst aktiv zu werden."

Frau Maier fragt Susanne jetzt: „ Können sie mir Auskunft geben, über einen Port, der mir gelegt werden kann?"

Durch die Erfahrungen, die Susanne auf der onkologischen Ambulanz sammeln kann, beantwortet sie alle ihre Fragen und sie ist entschlossen, den Port legen zu lassen.

Susanne macht sie darauf aufmerksam, dass sie auch hier aktiv mitarbeitet und das Beste für sich entschieden hat.

Sie ist erleichtert, nachdem sie die zweite Stunde bei mir war.

Sie kommt aus der Unbeweglichkeit in die Bewegung, worauf Susanne fragt: „Wie fühlen sie sich jetzt? Ich sehe sie heute positiv gestimmt."

Sie antwortet erleichtert: „Ich freue mich auf die nächste Stunde und will noch eine Menge wissen."

Susanne erklärt ihr: „Ein paar alte Gewohnheiten müssen sie nun aufgeben."

Der Wunsch ist da, denn bei den Notizen, die sich für heute gemacht hat, hat sie festgestellt, dass sie vieles was sie vor der Erkrankung ihres Mannes machte, aufgegeben hat und in der Trauer, um ihren Mann, lange steckengeblieben ist.

Nun, aber durch das Zuhören von Susanne und ihren Anregungen, ganz neue Impulse hat und diese jetzt umsetzen möchte.

Konzerte und Theaterbesuche gehören dazu. Sie hofft, dass sie in der nächsten Stunde, den Port hat.

Auch das Sammeln von Informationen, welche Konzerte und Theaterstücke im Moment gespielt werden, möchte sie Susanne erzählen. Sie hat sie neugierige gemacht, da Susanne selten ein Konzert besucht, das aber mal vertiefen möchte. Susanne lässt es sie wissen.

Ein neues Treffen steht an.

Heute sieht sie wieder erschöpft aus. Susanne hat sie auf der Station nicht gesehen. Drei Wochen sind vergangen. Sie hat den Port gelegt bekommen.

Sie erzählt Susanne von dem Eingriff.

„Da wir vorab darüber gesprochen haben und ich jetzt genau wußte, was bei diesem Eingriff geschieht, konnte ich Wünsche zu der Behandlung gut einbringen.
Ich habe jetzt ein gutes Gefühl, was meine Entscheidungen betreffen.
Meine Therapiestunde auf der onkologischen Ambulanz verlief sehr gut. Durch den Port wird die Wartezeit, bis die Chemotherapie beginnt, erheblich verkürzt und in der Einzelkabine ist es erträglicher. Die Bilder und die damit verbundenen Gefühle aus meiner Vergangenheit werden klarer. Ich schreibe jetzt alles in mein Tagebuch."
Sie werden später noch darüber reden.
Heute sprechen sie über ihre große Leidenschaft Konzerte oder das Theater zu besuchen.
Susanne lenkt heute das Gespräch bewusst zu diesem Thema, damit auch das Schöne nicht ganz in Vergessenheit gerät.
Sie versichert ihr: „Auch die angenehmen Dinge in ihrem Leben, werden wieder ihren Platz bekommen."
„Ich habe Angst, dass die Konzertbesuche zu anstrengend für mich sind," entgegnet die Klientin.
Sie sprechen über die Angst.
„Ihre Angst ist verständlich," antwortet Susanne, „sie ist eine Schutzreaktion ihres Körpers, der man ein Stück weit vertrauen kann.
Wissen sie das?
Kleine Herausforderungen sind aber erlaubt. "
Susanne fragt sie: „ Wissen sie, dass es auch kleine Konzertveranstaltungen, in den einzelnen Gemeinden, gibt?"
Sie träumt aus der Vergangenheit, wo sie große Konzertveranstaltungen mit ihrem Mann besuchte.
Heute alleine dorthin zu gehen, macht ihr Angst.
„Ich kannte bis heute aber keine Alternative. Ich habe mich auch nicht darum bemüht."

Susanne informiert sie über die Veranstaltungen und Konzerte, die im Krankenhaus in der Kirche stattfinden, (sie sollte die Aushänge beachten) oder in Gemeindehäusern usw. Sie kommen gemeinsam ins Schwärmen.

Die Krankheit hat heute Pause.

Sie sehen sich auf Station, wo sie Susanne ihre Aufzeichnungen zeigt, und Stift und Block schreibbereit neben ihr liegen.

Sie hat einen Weg gefunden Vergangenes und Gegenwärtiges zu vereinen.

Sie treffen sich vorerst ein letztes Mal privat, zu einem Gespräch zwischen Klient und Berater.

Sie erzählt: "Alles ist wild durcheinander. Ich möchte mal zum Punkt kommen."

„Wir werden heute die Punkte, die ihnen sehr wichtig sind zum Gespräch bringen."

Nun fragt Susanne sie: „ Was beschäftigt sie am meisten? Worüber möchten sie reden?"

Sie kommen zum Thema Angst und Trauer.

„ Je mehr ich aufschreibe, umso mehr besetzt Angst und Trauer meine Gefühle.

Die Trauer um den Verlust meines Partners ist immer noch präsent. Auch die Trauer und die große Angst um meine Gesundheit sind belastend für mich."

Susanne und die Klientin beschließen mit dem Thema Trauer zu arbeiten.

„Ich finde die Trauer um meinen Mann langsam als Last, ich möchte ausbrechen, ich fühle mich eingeengt. Durch meine Erkrankung kommt die Vergangenheit wieder ganz nah," erzählt die Klientin

Sie beleuchten die Situation kritisch, dann realistisch.

Susanne macht ihr bewusst: "Der erste neue Schritt war, mein Angebot angenommen zu haben, also Therapiestunden zu nehmen.

Sie befinden sich jetzt im Umwandlungsprozess.

Sie sind bereit, kleine Verhaltensveränderungen in ihren Alltag, sowie in ihrem Denken auszuprobieren, um die Lebensqualität zu verbessern.

Die Trauer um ihren Mann darf sein, aber sie bekommt mit der Zeit nicht mehr den wichtigsten Stellenwert.

Ich gebe ihnen heute einen Rat mit auf dem Weg, gehen sie achtsam mit sich um. Sie werden lernen ihre Gesundheit in den Mittelpunkt zu stellen."

Die Klientin nickt und antwortet: "Ich werde mit einer anderen Patientin, ein Blockflötenkonzert im November, im Krankenhaus, besuchen. Ich freue mich darauf. Es ist eine schöne Abwechslung und bietet bestimmt eine Menge Gesprächsstoff."

Susanne sieht wie sehr sie das beschäftigt und freut sich mit ihr.

Sie einigen sich auf weitere Beratungstermine, nach einer längeren Pause.

Hier war aufmerksames Zuhören erst einmal das Wichtigste.

Durch die Sitzungen ist ihr einiges bewusst geworden.

Ganz neue Sichtweiten, sowie neue Gedanken und für sie neue Gefühle, hat sie kennengelernt.

Susanne und die Klientin möchten zu gegebener Zeit intensiver an den einzelnen Themen weiterarbeiten und Susanne hat den Eindruck, dass sie sich bei ihr gut aufgehoben fühlt.

Susanne kann ihr mit ihren Erfahrungen, die sie auf der onkologischen Ambulanz macht, ebenfalls weiterhelfen.

Sie freut sich auf die weitere Zusammenarbeit.

Der erste Schritt in die Selbstständigkeit der psychologischen Beratung ist gemacht.

Susanne freut sich auf weitere Klienten, die dann auch so nach und nach Termine bei ihr buchen.

Viele onkologische Patienten haben bei der Diagnose Krebs, neben den gesundheitlichen und körperlichen Symptomen, auch seelische Krisen.

Sie fühlen sich festgefahren, ausgeliefert und finden keine Alternativen für eine zufriedene Zukunft. Sie drehen sich im Kreis und ihre Kreativität scheint verloren zu sein. Dadurch bekommen sie einen Tunnelblick.

Die Diagnose erscheint ihnen wie ein Schock.

Sie erkennen plötzlich ihre Ausweglosigkeit und fühlen sich hilflos. Sie sehen in diesem Moment keine Perspektiven für sich.

Die Patienten bemühen sich intensiv ihr altes Leben aufrechtzuerhalten und verdrängen die Diagnose oder bagatellisieren sie.

Einige Patienten erkennen das Problem des Verdrängens, sie werden täglich mit der Tatsache ihrer Erkrankung konfrontiert und möchten Klarheit in ihren Alltag bringen.

Sie kommen zu Susanne zur Beratung.

Susanne gibt den Patienten Impulse mit auf den Weg, sei es dass sie den Patienten bewusst macht, dass sie ihre Gefühle wahrnehmen und akzeptieren, auch wenn sie noch so traurig sind. Auch das Erkennen was alt ist, was neu ist, ist wichtig. Danach können neue Ziele erarbeitet werden.

Meistens werden kleine Ziele, also Schritt für Schritt, Etappenziele zum endgültigen Ziel führen.

Susanne bittet dann die Patienten ein paar Punkte, die ihnen wichtig sind, schriftlich festzuhalten und sich intensiv mit dem Gedanken zu beschäftigen, ob sie für ihre Gesundheit etwas ändern möchten, z. B. an der Gesundheit mitarbeiten.

Susannes Schritt in die Selbstständigkeit bekommt ein festes Fundament.

Susannes lebt ihr Leben und ist sehr glücklich darüber, dass sie ein weiteres Ziel erreicht hat. Für neue Ideen und weitere Entwicklung hat sie immer ein offenes Ohr.

Sie lebt ihr Leben. Sie bestimmt heute, was gut für sie ist. Vor vielen Jahren hat sie auf die Ratschläge der Familie und Freunde gehört und vieles davon umgesetzt.
Sie war fremdbestimmt.
Heute bestimmt Susanne selbst, wie ihr Alltag aussieht.
So erlebt sie viele Überraschungen, die ihr selbstbestimmtes Leben bereichern.

Es ist kurz vor Weihnachten und Susannes Sohn Christian kommt ins Haus gestürmt. Nach langer Planung, kann er nun sein Geheimnis lüften.
Christian sagt zu Susanne: "Mutter, am kommenden Freitag nimmst du dir bitte frei. Ich möchte dich überraschen und hole dich um 10.30 Uhr ab. Es ist ein Dankeschön für all die Arbeiten und Erledigungen, die du mir abnimmst und ebenfalls ein Weihnachtsgeschenk."
"Oh ," sagt Susanne, "das hört sich aber spannend an. Jetzt werde ich neugierig. Ich werde mich darauf einrichten. Wie lange wird es denn etwa dauern? "
Susanne hat überhaupt keine Vorstellung, was sie erwartet. Sie hegt die Hoffnung, dass er etwas von seinem Vorhaben preis gibt.
Lächelnd steht er vor ihr: "Du möchtest doch nur wissen, um was es sich geht. Dir steht die Neugierde ins Gesicht geschrieben. Ein paar Stunden wirst du schon einrechnen müssen. Willst du wirklich wissen, was ich vorhabe?"
Nun schaut er Susanne fragend an. Der Schelm sitzt ihm im Nacken.
Susanne überlegt kurz, der Gedanke, sich ahnungslos auf etwas völlig Neues einzulassen, reizt sie.
So sagt sie freudig: "Nein, ich will es nicht wissen. Ich werde pünktlich fertig sein und freue mich auf den Tag mit dir."
Der Freitag kommt und Susanne merkt, dass sie richtig aufgeregt ist. Schick gekleidet wartet sie auf ihren Sohn.

Als Christian kommt wird die Spannung groß.

Auch er ist aufgeregt. Wird ihm die Überraschung gelingen? Wird es seiner Mutter gefallen?

Kurz vor der Abfahrt einigen sie sich darauf, die Ziele und somit die Überraschungen, kurz zu besprechen.

Zuerst möchte Christian ihr die Edel-Boutique, die Ware aus zweiter Hand verkauft, zeigen. Die Mutter seines Freundes führt die Boutique. Christian kennt sie, und ist begeistert davon und überzeugt, dass es seiner Mutter gefallen wird. Die Boutique liegt in der Nachbarstadt.

Danach geht es zum Italiener, zum Mittagessen, in ihrer Heimatstadt. Zu guter letzt hat er einen Friseurtermin bei seinem Friseur, für Susanne gebucht.

Die ein - oder andere Vermutung, die Susanne nach längerer Überlegung hatte, bestätigt sich hiermit.

Susanne steigt hinten ins Auto und wird chauffiert wie „Queen Mom".

Sie fahren los.

Susanne lässt sich entspannt in die Polster sinken und freut sich auf die Erlebnisse, die vor ihr liegen.

Ihr Sohn, ganz der Chauffeur, fährt sie sicher und zielstrebig, mit der Wegbeschreibung des Navigationssystem, zu der tollen Boutique, in die Nachbarstadt.

Dort angekommen strahlt Susanne übers ganze Gesicht und Christian ist erleichtert und überglücklich. Gemeinsam betreten sie die Boutique und werden herzlich begrüßt.

"Hallo Christian, bist du tatsächlich mit deiner Mutter angereist, um ihr meine Boutique zu zeigen. Ich finde deine Idee ja fantastisch."

An mich gewandt:" Guten Tag Frau Bichler, ich freue mich ihnen einiges aus meinem Angebot zeigen zu dürfen."

Susanne erblickt eine sehr freundliche Frau in ihrem Alter und erwidert: " Guten Tag, ich bin mal gespannt, was mich hier erwartet. Christian hat mich ja völlig überrascht und shoppen gehe ich immer gerne."

Sie verstehen sich sofort, und gemeinsam suchen sie in dem breiten Angebot einige schöne Kleidungsstücke aus. Die Anprobe kann beginnen.

Von einer Hose angefangen, über Blusen, Pullis, einem Kleid und einem Mantel, probiert Susanne die schönen Kleidungsstücke an. Sie wird kritisch beäugt und bewundert, und entscheidet sich für ein schlichtes, schwarzes Kleid, einer besonders qualitativen Marke.

Ein elegantes aber schlichtes Kleid für manch schönes Fest. Ihr Sohn sitzt gemütlich mit einer Tasse Kaffee im Sessel des Geschäftes und sieht amüsiert zu. Er freut sich mit seiner Mutter.

Sie verabschieden sich und Susanne hat das Versprechen ihres Sohnes, dass sie im Sommer wieder einmal die Boutique besuchen werden.

Draußen auf dem Bürgersteigt sieht sie Christian erstaunt an:

"So viel Begeisterung habe ich dir gar nicht zugetraut. Die Anprobe hat dir ja richtig gefallen und fündig bist du auch geworden. Ich freue mich für dich und über meine Idee hier her zu fahren."

"Ja, ich freue mich, dass wir hier waren. Sie hat ja wunderschöne Sachen und ich bin erstaunt wie gut du mich kennst. Die Idee ist klasse, " erwidert Susanne und läuft beschwingt mit ihm zum Auto.

"Na, dann fahren wir jetzt zum Mittagessen, ins italienische Restaurant. Shoppen macht hungrig, oder nicht?"entgegnete er.

"So ist es. Wir waren ja schon lange nicht mehr gemeinsam essen und bei dem Italiener, den du damals entdeckt hast, schmeckt es ausgezeichnet."

Auf der Rückfahrt steigt die gut Laune.

Hungrig und zufrieden kommen sie ins Lokal.

An einem kleinen Tisch nehmen sie Platz und werden, von einigen Personen an den Nachbartischen, beobachtet.
Sie sind so fröhlich und haben eine Menge zu erzählen, was einigen Gästen Rätzel aufgibt.
Wie gehören die beiden denn zusammen?
Sind sie etwa ein Paar?
Sind sie Kollegen?
Nein, es sind Mutter und Sohn!
Sie lassen sich nicht stören und genießen ihr Essen. Auch ein Nachtisch darf nicht fehlen. Sie beschließen einen Nachtisch zu bestellen, allerdings mit zwei Löffeln.
Es kommt ein großer Teller mit Eis, den platzieren sie in der Mitte des Tisches und beginnen gemeinsam diese Leckerei zu vernaschen. Sie haben eine Menge Spaß dabei und werden weiterhin neugierig beobachtet.
Jetzt, wo sie beide nicht mehr hungrig sind, und die Überraschungen gelungen ist, werden sie müde. Bis zum Friseurtermin haben sie noch etwas Zeit.
Sie gehen in ein neues modernes Café, lassen sich in die kleinen, aber sehr gemütlichen Sessel sinken, und trinken erschöpft einen Tee.
"Hey, das ist aber schön hier," sagt Susanne, "ich werde wirklich richtig alt, denn wir halten an den alten Cafés fest, und dein Vater und ich sind hier noch nie gewesen."
Er lächelt und gibt mir zur Antwort: "Na ja , über dein Alter sage ich jetzt nichts, aber das ihr zwei euch nicht mal aufmacht ein neues Kaffee zu besuchen, wundert mich jetzt schon. Allerdings ist es hier immer sehr voll und wir haben Glück, diese gemütlichen Sessel erwischt zu haben. Im Sommer kannst du auch sehr gut draußen sitzen und das Treiben auf dem Markt beobachten."
" Das ist jetzt mein erster guter Vorsatz, dieses Kaffee im Auge zu behalten und es im nächsten Jahr mit deinem Vater zu besuchen," erklärt Susanne feierlich.

Die Zeit vergeht wie im Pflug und der Friseurtermin rückt näher. An diese Überraschung geht Susanne mit gemischten Gefühlen heran. Ihr Sohn ist felsenfest davon überzeugt, dass er hier für sie ebenfalls das richtige ausgesucht hat. Susanne ist zwar unzufrieden mit ihrer Frisur, aber der Zahn der Zeit hat hier halt schon die ersten Spuren hinterlassen. Ihr Sohn Christian legt aber großen Wert auf den Besuch, und so lässt sich Susanne darauf ein.

Sie betreten den Friseursalon.

Sehr laute Musik lässt Susanne zurückschrecken, aber es bleibt keine Zeit zum Rückzug. Zwei Friseure kommen auf sie zugestürmt und begrüßen sie freudig. Sie sind von Christians Idee begeistert und bemühen sich sehr um Susanne. Jeder duzt sich, ob Kunde oder Mitarbeiter. Susanne fühlt sich verloren, muss sich rasch sammeln und lässt sich dann auf die Beratung zur neuen Frisur ein.

Aus dem tiefsten Inneren, möchte sie flüchten, sieht nun in die strahlenden Augen ihres Sohnes und hört weiterhin dem Friseur bei der Beratung zu.

Sie entschließt sich zu einem Kompromiss. Sie bleibt, schickt ihren Sohn aber nach Hause, mit der Bitte sie dann später abzuholen.

„Nun sitze ich fest," denkt Susanne und spürt schnell, dass sie nicht aus Überzeugung gehandelt hat, sondern auch um den schönen Tag zu einem zufriedenen Abschluss zu bringen.

Die Überzeugung ihres Sohnes, bei seinem Friseur, sich eine neue Frisur zu zulegen, hat sie überrumpelt, das ist ihr schlagartig klar. Nun heißt es die Situation zu retten und sich darauf einzustellen und letztendlich zufrieden in das Weihnachtsfest zu starten.

Der Friseur beginnt mit seiner Arbeit. Zuerst kommt Farbe ins Haar. Susanne hat sich bewusst für zwei unterschiedliche Farben der Strähnen entschieden. Diese Arbeit dauert sehr lange, ist ihr bekannt und die Strähnen geben ihrem Haar einen besonderen Pfiff.

Es kommt Ruhe in die Sache. Die Friseuse arbeitet mit einer Gelassenheit, dass Susanne sie darum beneidet.

Die laute Musik dröhnt weiter in ihren Ohren. Ein hilfloser, suchender Blick ihrerseits, wird von einer weiteren Friseuse aufgefangen und die Musik kommt plötzlich leiser aus den Lautsprechern.

Was Susanne bis heute rätselhaft bleibt, warum sich alle anschreien und dabei die laute Musik hören! Ob Kunde oder Friseur, alle haben laut, sehr laut gesprochen, bzw. Susanne empfand es schon als schreien.

Sie sitzt einsam in dem ganzen Trubel auf dem Friseurstuhl und lässt sich Strähne für Strähne färben.

Plötzlich fallen ihr Yogaübungen ein, die zur Entspannung beitragen. Sie praktiziert schon viele Jahre Yoga. So kann sie in dem Trubel zur Ruhe kommen, der ganze Lärm prallt an ihr ab und sie übersteht die Zeit, etwas relaxter.

Susanne macht bestimmte Atemübungen, hört auf ihre Atmung und kommt langsam wieder bei sich an.

Auf einmal fragt sie die nette Dame, so von hinten über die Schulter, ob sie eine Pause einlegen sollte.

Jetzt muss Susanne doch tatsächlich lächeln und sagt leise: „Ich bin etwas erschöpft von dem langen Tag. Bevor ich vom Stuhl falle, sage ich ihnen Bescheid."

Sie muss sich zu mir herunterbeugen, denn sie versteht natürlich kein Wort. Sie nickt verständnisvoll mit dem Kopf und arbeitet weiter.

Susanne ist die älteste Kundin im Geschäft. Die Jugend hat das Geschäft voll in der Hand und alle duzen sich weiterhin.

Nach dem Färben geht es zum Auswaschen.

Susanne muss den Platz wechseln. Hier ist es jetzt viel angenehmer und die Haarpackung, samt Massage, sind eine richtige Erholung für sie.

Jetzt wartet Susanne auf den Meister, der die Haare schneidet. Er bedient viele junge Leute und es kommt ihr vor, als wenn er dabei immer wieder um sie herumschleicht und ihre Haare genau betrachtet. Susanne hat den Eindruck, er überlegt noch, wie er genau ansetzen soll.

Die Warterei macht sie schließlich ungeduldig und nach wiederholtem Nassmachen ihrer Haare, meldet sie sich jetzt zu Wort, da sie endlich nach Hause auf ihre geliebte Couch will.

Nun kommt er mit Schere und Kamm bewaffnet und schneidet Susanne die Haare in minutenschnelle, was sie sehr stutzig macht.

Das Ergebnis kann sich sehen lassen.

Jetzt taucht die Friseuse vom Anfang wieder auf und föhnt ihr Haar, womit Susanne überhaupt nicht zufrieden ist.

Sie merkt sofort, dass sie hiermit keine Erfahrung hat und greift ein.

Gemeinsam bringen sie schließlich eine Frisur zustande, die Susanne zu Hause nacharbeiten wird.

Endlich fertig eilt sie zur Kasse. Zwischenzeitlich hat ihr Mann sie schon angerufen, denn er muss das Abholen übernehmen. Die lange Zeit war nicht eingerechnet und ihr Sohn Christian ist schon zu einer Weihnachtsfeier unterwegs.

Jetzt kommt die nächste, sehr unangenehme Überraschung. Wie in den meisten Geschäften auch mit Kreditkarte bezahlt werden kann, ist Susanne davon ausgegangen, dass es hier ebenfalls möglich ist. Leider nein und ihr Bargeld reicht nicht! Jetzt muss ihr Mann sie auch noch auslösen. Ihre Geduld ist bis zum äußersten strapaziert.

Sie ruft ihn nochmals an: "Hallo Schatz, ich bin es. Ich bin jetzt fertig. Komm mich bitte abholen. Bringe genug Geld mit, denn ich habe zu wenig Bargeld und mit der EC-Karte kann ich hier nicht bezahlen. Kommentare bitte später!"

Nachdem sie endlich aus dem Geschäft ist, fällt sie erschöpft auf den Beifahrersitz ins Auto.

Ihr Mann schaut sie lächelnd an: " Na, ja der Tag war bestimmt anstrengend und die Frisur ist eher etwas für jüngere Frauen. Du siehst müde und völlig verändert aus."

Susanne antwortet erleichtert: " Du hast vollkommen recht. Christian hat da wohl etwas mit dem Alter verwechselt. Die Frisur werde ich nacharbeiten und die Couch gehört mir für die nächste Stunde, danach erzähle ich dir von meinem Tag, falls es dich interessiert."

Selbstverständlich will er einiges wissen.

Der Frühling kommt und Susanne ist frohgelaunt und sehr glücklich, denn heute geht ein Herzenswunsch von ihr in Erfüllung.

Sie wünscht sich schon seid langem einen Hund, einen treuen Freund auf vier Pfoten.

Nach einigen Recherchen im Internet, hat sie sich für einen Mini Australien Shepperd entschieden. Heute steht der erste Besuch an.

„Hier geht es um mich. Mein Name ist Sam.

Ich bin ein kleiner Hund, 10 Wochen alt und habe weiß – braunes, langes Fell.

Meine 7 Geschwister und ich leben auf einem großen Bauernhof, weit ab von der Großstadt.

Ich liege in der Hundehütte, die schön gepolstert ist und kuschelig warm hält. Die Hundehütte steht im Innenhof, umgeben von Gebäuden und Pferdeställen.

Ich entdecke neugierig meine kleine Welt und tapse mit meinen Geschwistern über den Hof, in den Garten, und ab und zu machen wir einen Ausflug in den Pferdestall.

Ständig bekommen wir Besuch von Erwachsenen und Kindern, die mich und meine Geschwister bestaunen, hochheben und viel mit uns spielen.

Ich liebe diese Besuche und wünsche mir einen treuen Freund.

Susanne, eine blonde kesse Frau, immer lustig, mag ich besonders gerne. Bei ihrem ersten Besuch wurden wir direkt beste Freunde. Sie kommt immer in Begleitung eines Mannes, ihr Ehemann, wie ich später erfahre.

Ich freue mich wenn sie zu Besuch kommen.

Heute sind sie schon zum vierten Mal hier auf unserem großen Bauernhof, und ich glaube wir werden sehr gute Freunde.

Wir verstehen uns vom ersten Augenblick.

Sie stürmt auf mich zu, wirbelt mich herum und rollt mit mir über die Wiese. Ich renne ihr ständig hinterher, verstecke mich unter einem Busch und sofort sucht sie mich. Ich rolle mich zusammen und schon nimmt Susanne mich hoch und schmust mit mir. Kleine Leckerbissen hat ihr Ehemann Heinz in seiner Hosentasche versteckt.

Er beobachtet uns immer.

Die Erwachsenen sind lieb, aber anstrengend.

Dauernd haben sie ein wachsames Auge auf mich, verbieten viel damit bloß nichts passiert.

Heute ist der große Tag gekommen. Ich darf mit Susanne und ihrem Mann Heinz, in meine neue Bleibe fahren.

Ich habe es ja gewusst, ich gehöre zu ihnen.

Susanne redet pausenlos auf mich ein. Sie ist so aufgeregt und steckt mich damit an.

In ihrem bunten Sommerkleid sieht sie unternehmungslustig aus. Ich werde furchtbar neugierig.

Das Einzige was ich verstehe ist: Ich bekomme einen neuen Freund auf vier Pfoten.

Endlich kommen wir in meinem neuen zu Hause an.

Vorsichtig und tapsig, wie ein kleiner Bär, laufe ich Susanne hinterher, durch einen großen Garten. So richtig was für mich zum buddeln.

Eine Tür geht auf, ein Kater, den sie Chiko nennen stürmt hinaus.

Er umkreist mich und faucht mich an.

Ich kriege Angst und rette mich auf Susannes Arm. Sie wird zum Vermittler. Sie lässt mich langsam zu Boden und redet auf den Kater Chiko ein.

Wir kommen uns näher.

Das ist also Chiko auf vier Pfoten, ein Kater so groß wie ich. Seine Blicke sagen alles: „Na du Eindringling, ich bin hier der Herr im Haus, wenn du dich benimmst, können wir dicke Freunde werden."

Ich versuche mein Bestes.

Wir hatten schnell die Fronten geklärt.

Ich wachse und wachse und bin bald größer als Kater Chiko. Meine Spiele werden wilder und wilder und Chiko hat auf einmal genug von mir. Er wird stur, legt sich in den Garten in die Sonne und faucht mich an. Alle Versuche, die Susanne für mich startet verlaufen im Sand.

Eines Tages ist er weg. Ich habe ihn des Öfteren in den Hintern gebissen, damit er mit mir spielt und was macht er, er läuft einfach weg.

Nach der ersten Aufregung meiner Familie und intensivem Suchen, finden wir ihn bei seiner Freundin, eine Siamkatze.

Gemeinsam liegen sie in ihrem Garten unter einem Busch.

Er hat eine Freundin in der Nachbarschaft.

Meine Familie ist froh ihn gefunden zu haben, aber ich sehe wie sie über mich reden.

Die Blicke, die Kater Chiko mir zuwirft sagen alles: „So nicht mein Freund, so klappt es nie mit uns zwei."

Ich will doch nur spielen und sehe beide bettelnd an.

Plötzlich kommen sie auf mich zu.

Die Siamkatze beginnt eine wilde Jagd mit mir. Ich freue mich auf dieses Spiel. Wir toben über die Wiese und ich gebe acht, dass ich nicht zu stürmisch werde. Manchmal erwischt sie mich mit ihrer Tatze.

Kater Chiko beteiligt sich auf einmal zögerlich. Er will schon spielen, aber nicht so wild.

Ich habe verstanden. Ich vergesse schon mal, dass er 11 Jahre alt ist und eben klein bleibt.

Ich werde ja einen halben Meter groß und habe es bald erreicht. In einem Jahr bin ich so groß wie ein Schäferhund.

Nun ist aber der Bann gebrochen und wir werden Freunde.

Wenn ich ihm zu wild werde, verschwindet er jetzt öfter durch den Gartenzaun und läuft zu seiner Katzendame, wo er manchmal ein geruhsames Schläfchen mit ihr hält.

Eines Tages bin ich lange, sehr lange, alleine im Haus. Susanne und Heinz sind ins Schwimmbad gefahren. Da darf ich nicht rein.

So unternehmungslustig wie ich nun mal bin, finde ich einen tollen Zeitvertreib, eine dicke Zeitung.

Das Zerkauen und Zerreißen macht großen Spaß und Kater Chiko sieht aufmerksam zu.

Ich zerlege die Zeitung in viele kleine Stücke und verteile sie im ganzen Wohnzimmer, ob Couch, Tisch, Teppich, Kamin, Schrank, Stühle und vieles mehr, alles wird geschmückt. Ich bin mit meiner Arbeit zufrieden, lege mich mitten hinein und schlafe erschöpft ein.

Kater Chiko hat inzwischen das Weite gesucht.

Ein Schlüssel dreht sich im Schloss. Vorsichtshalber bleibe ich regungslos liegen, bis der Aufschrei kommt.

Mit entsetzten Gesichtern und riesengroßen Augen starren mich Susanne und Heinz an.

Das ich nicht das ideale Spielzeug gefunden habe, war die eine Sache, aber stolz waren ich trotzdem auf mein schönes Werk.

Ich versuchte verzweifelt mich unter den Schnipseln zu verstecken, was mir natürlich mit meiner Körperfülle nicht gelingt.

Ich bin zu groß.

Augenblicklich hört das Geschrei auf und helles Gelächter bricht aus.

Mit eingekniffener Rute bewege ich mich auf die Beiden zu.

Susanne ist die Erste, die die Sprache wieder findet. Tadelnd erteilt sie mir eine Rede und schickt mich in den Garten.

Susanne und Heins beseitigen das Chaos.

Heute gibt es kein Leckerli mehr und den Abend verbringe ich im Hausflur. Es gibt auch keine Streicheleinheit mehr.

Klar ist, eine Zeitung ist kein Spielzeug, denn Susanne und Heinz lesen darin, um alle Neuigkeiten des Alltags zu erfahren.

Also die Zeitung ist für mich gestrichen.

Susanne ist ganz verliebt in uns zwei Haustieren.

Jeden Morgen stehen wir zum Appell in der Küche.

Wir Kater Chiko und ich bekommen jeden Morgen etwas Leckeres aus dem Kühlschrank. Meistens ein großes Stück Fleischwurst, gekochter Schinken, Reste vom Braten oder Leberwurst.

Ich lerne schnell und setze mich jeden Morgen brav neben Kater Chiko.

Eines Tages, es ist Herbst, arbeiten Susanne und Heinz viele Tage im Garten, und wir sind überall dabei.

Ich bin total begeistert.

Es wird in den Beeten gegraben und gepflanzt, Büsche und Bäume zurück geschnitten und Laub gekehrt.

Überall fliegen Blätter und ich tanze mit ihnen.

Am Schönsten finde ich es, wenn Susanne etwas tief in der Erde vergräbt, und ich es dann wieder ausgraben kann.

Nach der 12ten Ausgrabung einer Blumenzwiebel, bekomme ich eine gehörige Abmahnung.

Ich dachte es wäre ein Spiel.

Ich beschäftige mich wieder mit meinen Bällen und meiner Frisbyscheibe, und beobachte gleichzeitig Susanne bei der Gartenarbeit mit dem Gedanken, später weitere Ausgrabungen vorzunehmen.

Buddeln ist für mich das Größte, und jede Versuchung ist es wert.

Heinz ist für mich der beste Freund. Er fährt mit dem Fahrrad und ich laufe daneben her.

Ich laufe sehr gerne, viel und schnell.

An manchen Tagen gehen wir zu einem See. Dann schwimme ich und hole ihm die Stöckchen, die er für mich ins Wasser wirft.

Auf diesen Ausflügen habe ich Heinz für mich alleine und jedes Mal freue ich mich sehr darauf.

Ich bin jetzt 4 Jahre bei ihnen und ein kleiner Wirbelwind.

Susanne hat sich sehr an mich gewöhnt.

Ich bin ihr ein treuer Begleiter.

Wenig nehmen und viel geben
immer herzlich, immer warm
wenn die Menschheit wäre wie du
wäre die Welt nicht arm.

Ganz besonders, ganz einfach,
einfach ein ganz besonderer Mensch.

„ Fantasie ist wichtiger als Wissen, denn Wissen ist
begrenzt.“

Albert Einstein